Yellow Tulip Garden

옐로 튤립 가든

Yellow Tulip Garden

옐로 튤립 가든

김소윤 장편소설

차례

검은 고양이

엘리베이터 거울 옆에 붙은 공고는 단순한 검정색 글씨로 담담하게 내용을 보여 주고 있었다.

이사 안내

장소: 9동 801호

일시: 7/12, 오전 11시~

이주은은 공고를 힐긋 보고 나서 다시 시선을 문제집으로 내렸다. 오늘 수학 학원에서 내 준 문제집의 두께는 주은의 손가락 세 개가 가려질 정도로 두꺼웠는데 숙제는 그중 3분

의 1 분량이었다. 이미 익숙해진 숙제의 무게라 주은은 아무
런 불평도 없이 받아들였다.

"오늘은 정원 갈 시간 없으려나."

문제를 대충 훑은 주은은 문제집을 이미 다른 숙제들로 꽉
찬 가방 안에 억지로 욱여넣었다. 그 중얼거림은 딱 맞춰 울
리는 엘리베이터의 소리 덕분에 주은을 지켜보는 엄마의 귀
까지 전달되지는 않았다.

"내리자. 오늘은 수학, 과학, 영어 학원 다 있는 날이니까
힘내고."

엄마가 부드럽게 말하며 주은을 잡아끌었다. 주은은 가방
의 묵직함을 느끼며 천천히 발걸음을 뗐다. 엄마와 함께 주
차장에 주차된 차로 향하는 동안 눈앞에 어른거리는 정원의
모습을 떠올렸다.

'정원'은 주은만의 휴식 공간이었다. 아파트 단지를 빙 돌
아 뒤로 가면 보이는 낡은 울타리가 정원의 존재를 알리는
유일한 표식이었다. 녹슨 간판에 내걸린 '정원'이라는 글씨만
으로 정원이라고 할 뿐 사실은 무성한 잡초를 제외하고는 아
무것도 없는 텅 빈 공터나 다름없었다. 주은이 정원을 발견
한 것은 열 살 무렵, 학원이 눈에 띄게 늘어난 다음이었다. 그
로부터 열다섯 살이 된 지금까지 주은은 짬이 날 때마다 정

원을 방문했다.

주은은 뒷자리에 주저앉아 창문에 머리를 기댔다. 숙제를 하다가 또 새벽에야 잠자리에 들었기에 눈꺼풀이 납처럼 무거웠지만 애써 눈을 들어 올린 채 창밖만을 뚫어져라 바라보았다. 운전석에 앉은 엄마는 10분 정도 떨어진 학교로 차를 몰며 오늘 주은이 해야 할 일에 대해 말하는 중이었다. 주은도 이미 다 외운 일과였으나 입을 꾹 닫은 채 듣기만 했다.

"오늘 학원 가 있는 동안 도시락 챙겨 놨으니 먹는 거 잊지 말고, 학원 갔다 오면 숙제하고 인터넷 강의 몇 개 들으면 돼."

엄마의 목소리는 한없이 친절했다. 그러나 계속 반복되는 일상에 지쳐 버린 주은의 귀에는 이제 그마저도 느껴지지 않았다.

"주은아, 너도 기말고사 공부하고 있어?"

주은은 낭랑하게 울려 퍼지는 목소리에 문제집에 떨구고 있던 시선을 들었다. 오늘도 밝아 보이는 아이들의 얼굴이 주은을 향해 웃고 있었다.

"난 이번 기말고사 내용 학원에서 너무 반복해서 지겨워."

입술을 삐죽이는 건 1학년 때부터 전 과목에서 실수가 손에 꼽을 정도였던 최유미였다. 중간고사, 기말고사에서는 물론 쪽지 시험이나 수행평가에서도 항상 상위권 자리는 유미의 차지였다. 저번 중간고사에서도 유미는 평균 99.5점으로 반 2등을 차지했다. 주은보다 0.5점이나 더 높은 점수였다. 이러한 이유로 유미는 엄마의 입에서 자주 '라이벌'로 오르내리는 인물이기도 했다.

"진짜? 우리 학원에서는 그런 공부 안 시키고 계속 수능 공부만 하는데."

동그란 안경에 단발이 귀밑에서 찰랑이는 권민솔이 말했다. 민솔은 주은과 같은 학원을 다니고 있고, 학원에서도 학교에서도 90점대를 꾸준히 유지하는 아이로 유명했다. 또한 주은과 초등학교 5학년부터 친구였으며 같은 시간에 같은 과학 학원을 다녔다. 주은은 의식하지 않으려 했지만 중학교에 접어들어서는 항상 민솔의 성적과 비교할 수밖에 없었다.

"이번 시험은 별로 어려운 범위는 아닌 것 같아. 물론 1학기 마지막 시험이라 긴장은 되긴 하지만 말이야."

반 1등, 정하린이 차분한 목소리로 입을 열었다. 하린은 저번 중간고사에서 전 과목 만점으로 반 1등을 차지했음에도 언제나처럼 쉬지 않고 공부에 열중했다. 하린은 모든 아이들에게 결코 넘을 수 없는 벽이었다.

"난 빨리 시험 끝나고 놀러 가고 싶어. 공부만 하느라 너무 지겨워."

유미의 한숨에 주은은 조용히 고개를 끄덕였다. 어쩌면 주은만큼이나 온통 공부에 둘러싸여 있을 아이들이기에 넷의 유대는 알게 모르게 깊고도 깊었다.

"얘들아, 우리 조금 있으면 여름방학인데 방학에 놀러 갈래? 시간 되면."

민솔이 들뜬 목소리로 물었다. 하지만 곧 돌아오는 아이들의 답변에 민솔의 입꼬리는 내려갈 수밖에 없었다.

"나 여름방학에 특강 있는데…… 미안해."

"나도. 엄마가 성적 더 올리라고 특강 신청했어."

"난 보충수업. 이번에 아파서 학원 몇 번 빠져서 보충수업해야 한대."

진심으로 공부에서 벗어나 아이들과 마음껏 놀아 보고 싶었지만 일정이 그걸 허용할 리 없었다. 주은은 풀 죽은 아이들 옆에서 고개를 떨궜다. 문제집이 눈에 들어오자 더욱 마음이 가라앉았다. 성적이 높다고 부러움을 사는 만큼 아이들에겐 대가가 따랐다. 그중 하나가 바로 한정된 자유였다.

"다음에는 꼭 같이 놀자."

주은은 애써 웃어 보이며 말했지만 이미 알고 있었다. 다음에도 아이들의 일정이 허용하지 않을 거라는 걸. 아이들도 그 사실을 아는지 얼굴에 떠올린 미소가 얼핏 쓴웃음처럼 보였다.

창밖으로 들려오는 덜컹거리는 소리는 주은의 얼굴을 절로 찌푸리게 했다. 엘리베이터에서 이사 시간이 오후 7시로 연기되었다는 공고문과 '불편을 끼쳐 죄송합니다.'라는 글도 읽은 뒤였지만 이삿짐 옮기는 소리는 생각보다 공부에 더 큰 방해가 되었다.

"왜 하필 위층이야······."

주은은 불만스러운 목소리로 중얼거렸다. 이런 소음이 없어도 기말고사에다가 학원 숙제, 더구나 정원에 못 간 일 때문에 스트레스가 최대치에 달했는데 거기다 이사 소음까지 얹히니 머리가 지끈거리는 듯했다.

주은은 연필을 내려놓고 아픈 손목을 이리저리 돌리며 창문을 활짝 열었다. 자연스럽게 주은의 시선이 정원으로 향했다. 아파트 뒤쪽을 향해 있는 주은의 방 창문은 정원을 살펴보기에 안성맞춤이었다. 내려다본 정원은 평소와 다름없었다. 딱 한 가지, 정원 울타리 주변을 서성거리는 형체 하나만 빼면.

주은은 눈을 가늘게 뜨고 정원을 내려다보았다. 흐릿하게만 보이는 어떤 형체가 정원 울타리 근처에서 움직이고 있었다. 아파트 7층 높이라는 거리와 이미 짙게 깔린 어둠으로 정확한 모습은 구분할 수 없었지만 정원에서 자주 보이는 길고양이 같은 동물은 아니라는 것만은 분명했다. 그도 그럴 것이 동물들은 너무 작았기에 이 높이에서 보기 어려웠다.

사람인가? 정원에는 왜 왔지? 주은은 고개를 더 쭉 빼고 그 형체를 뚫어져라 응시했다. 정원 주위를 빙빙 돌던 형체는 갑자기 빠른 속도로 멀어져 갔다. 주은은 멀어지는 형체를 눈으로 좇다가 창문을 닫고 다시 책상에 앉았다. 멍하니 문제집을 응시하는데 자꾸만 신경은 창문 너머 정원 쪽으로 쏠렸다. 정원이 필요 없다고 생각해서 철거하려고 들른 사람이라면 주은으로서는 막을 방법이 없었다. 그렇다고 해서 장장 5년에 걸친 시간 동안 유일한 마음의 안식처였던 정원과 이별하기를 원치도 않았다.

"어쩌지……."

주은은 입술을 잘근잘근 씹으며 창문을 바라보았다. 마음 같아서는 당장 정원으로 달려가고 싶었으나 엄마가 허락하지 않을 것이 뻔했다. 결국 주은은 결단을 내리고 의자를 밀고 자리에서 일어섰다.

조심스레 방문을 열고 거실을 내다보았다. 고요한 거실에서 엄마가 책장을 넘기는 소리만 들려왔다. 주은은 심호흡을 하고 엄마 앞에 섰다. 책에 고정되어 있던 엄마의 시선이 주은에게로 향했다.

"학원에서 놔두고 온 게 있는 것 같은데…… 걸어가도 얼마 안 걸리니까 찾으러 갔다 올게요."

용기 내서 꺼낸 말에 엄마는 고개를 갸웃했지만 이내 입을 열었다.

"중요한 거야? 내일 찾으러 가면 안 되고?"

"그게 내일 제출해야 하는 과제인데 그거 제출 안 하면 점수 깎일 수도 있어서……."

"그렇게 중요한 거야? 근데 아직 할 일 다 안 끝났을 텐데 빨리 갔다 올 수 있겠어? 아빠가 야근이라서 차 가져가셨는데."

'점수'라는 말에 눈이 동그래진 엄마가 물었다. 주은은 얼른 고개를 끄덕였다.

"네. 어차피 영어 학원에 놔두고 온 거라 뛰면 10분 정도밖에 안 걸릴 거예요."

"아니면 엄마가 택시라도 불러 줄까?"

"아니요, 괜찮아요."

주은은 고개를 저어 보이고 얇은 외투를 껴입고 집을 나섰다. 초여름의 밤공기가 머리카락을 간지럽혔다. 엘리베이터를 잡아타고 1층 버튼과 닫힘 버튼을 차례로 부서져라 눌렀다. 심장이 쿵쿵 뛰었다. 시험 기간에 엄마가 이리 쉽게 허락해 줄 거라고는 생각지 못했다. 어쩌면 주은의 연기가 완벽했는지도 몰랐다.

주은은 1층에 도착하자마자 뛰어내리듯 엘리베이터에서 내려 정원 쪽으로 달려갔다. 숨을 고르며 정원 근처를 빙 훑기 시작했다. 하지만 사람은커녕 자주 보이던 길고양이조차 보이지 않았고 주은은 입구 쪽으로 돌아가 조심스레 정원 안쪽으로 걸음을 내디뎠다.

정원 구석에서 신경 써서 앞발을 핥고 있는 길고양이가 보일 뿐 정원에는 아무도 없었다. 주은은 안도의 한숨을 내쉬었지만 여전히 정원을 맴돌던 형체의 모습이 떠올라 주위를 연신 두리번거렸다. 어떤 인기척도 느껴지지 않는다는 걸 확인하고서야 주은은 긴장을 풀고 구석에서 얼굴을 비비고 있는 고양이에게로 다가갔다.

길고양이는 발 부분만 하얗고 온통 검은빛이었다. 꼭 양말을 신은 것 같은 모양새였다. 주은은 고양이를 향해 손을 뻗다가 시야에 들어오는 새로운 물건에 멈칫했다.

고양이 앞에 사료와 물이 담긴 플라스틱 그릇이 놓여 있었다. 누군가가 남기고 간 흔적처럼 보였다. 벌떡 일어나 다시금 주위를 둘러보았지만 여전히 아무도 눈에 띄지 않았다. 심장이 다시 쿵쿵 뛰기 시작했다.

창밖으로 보이던 사람이 남기고 간 흔적이 틀림없었다. 고양이에게 신경을 써 준 걸 보면 좋은 사람일 것 같았으나 지난 5년간 주은을 제외한 누구도 정원을 찾지 않았기에 마음 한구석이 껄끄러웠다.

주은은 천진난만하게 그루밍을 하는 고양이를 바라보았다. 고양이와 대화할 수 있다면 누가 다녀갔는지 묻고 싶었다. 주은만의 정원에 들어온 사람을 고양이는 봤는지 못 봤는지 태연한 얼굴로 이제는 아마 그 사람이 남기고 갔을 플라스틱 그릇 속 물을 홀짝이고 있었다.

아직 덜컹거리는 윗집의 소리로 시끄러운 집에 돌아오자마자 주은은 엄마에게 과제가 학원 가방에 있다는 걸 깜빡 잊었다고 둘러대고 방으로 들어와 창문 너머를 바라보았다. 정원은 고요했다. 여전히 정원에 방문하는 건 주은뿐이며 변화는 있을 리가 없다는 것처럼.

새로운 이웃

"이번 기말고사 성적표에는 중간 기말 합산 순위가 공개된대."

민솔이 어울리지 않게 심각한 목소리로 아이들에게 말했다. 그 말에 유미는 땅이 꺼질 듯 한숨을 내쉬었고 하린 역시 들릴 듯 말 듯 탄식을 토했다. 그들 옆에서 주은은 손으로 이마를 짚었다. 이마가 뜨거웠다. 머릿속을 꽉 채우고 있는 기말고사 걱정과 정원에 대한 생각 때문일 터였다.

"몸이 안 좋아?"

주은을 빤히 바라보던 하린이 차분한 목소리로 물었다. 주은은 자신에게로 향하는 민솔과 유미의 시선을 느끼며 애써 웃어 보였다.

"아냐. 그냥 좀 걱정돼서."

"주은인 걱정할 필요 없어. 학원에서든 학교에서든 다 잘 보잖아."

민솔이 환히 웃었다. 정작 주은을 앞서 있는 건 민솔이었지만 민솔은 결코 자만하지 않았다. 성적에 이토록 전전긍긍하는 건 나뿐인 걸까, 주은은 의문이 들었다.

"걱정 있으면 우리한테 말해. 우리가 도와줄 테니."

민솔의 따스하고 조그마한 손이 문제집에 늘어져 있는 주은의 손에 얹혔다. 그 위로 유미와 하린의 손이 차례차례 덮였다. 주은은 아이들의 손에서 전해져 오는 온기에 조금이라도 힘을 얻었다. 그때만큼은 기말고사에 대한 걱정과 정원에 찾아온 이름 모를 사람에 대한 생각이 덜어지는 느낌이 들었다.

"우리 힘내자! 이렇게 축축 처져 있는 게 무슨 도움이 되겠어."

유미의 힘찬 목소리에 마음을 다잡았다. 유미의 말이 맞았다. 지금은 일주일 앞으로 다가온 기말고사에 집중할 때였다. 주은은 애써 정원에 대한 생각을 지워 버렸다.

주은은 다잡은 마음으로 정원으로 향하는 대신 오로지 기말고사 공부에만 몰입했다. 반 아이들 역시 아침 시간이나 수업 시간이나 쉬는 시간이나 시험 대비에 열중했고 민솔과 유미, 하린이 주은과 대화하는 시간은 날마다 짧아졌다. 지난 중간고사보다 아이들이 더욱 공부에 매달리는 건 성적표와 순위가 공개된다는 발표 때문일 것이다.

주은은 불쑥불쑥 떠오르는 정원에 대한 생각을 지워 내며 공부로 채워진 일상에 몰입하려 애쓰고 있었다. 점점 정원에 가고 싶다는 마음이 커졌지만 그럴 때마다 앞으로 며칠만 버티면 정원에 찾아갈 수 있을 거라고 스스로를 다독였다. 딱 며칠만 버티면 정원에 들어온 사람이 누구인지에 대한 조그만 단서라도 찾을 수 있을 거라고, 매일 정원이 떠오를 때마다 주은은 자신에게 되뇌었다.

주은은 눈을 부릅뜬 채 문제집을 바라보며 한 문제씩 계산하고 답을 적기를 반복했다. 착착 풀려 나가는 문제에 뿌듯함도 잠시 하품이 터져 나왔다. 찌뿌둥한 몸을 이리저리 늘이며 의자를 밀고 일어났다. 힐끗 본 시계는 어느새 밤 10시를 향하고 있었다. 집에 들어와 공부한 지 2시간이 지났다는 의미였다.

창문을 열고 밤공기를 들이마셨다. 가로등이 환히 밝혀진 아파트 앞쪽과 달리 정원 쪽은 사람이 잘 찾지 않는 만큼 어두웠다. 주은은 무의식적으로 정원을 내려다보았다. 어둠 속에 잠긴 정원은 고요했다. 이제 오늘을 포함해 나흘만 견디면 저곳에 갈 수 있을 것이었다.

그때였다. 어둠 속에서 윤곽만 보이던 정원 근처에 자그마한 손전등처럼 보이는 불빛 하나가 탁 켜졌다. 주은은 불빛을 가만히 응시했다. 정원 근처를 서성이던 불빛은 정원 입구를 통해 정원으로 들어갔고 주은은 정원 구석으로 향하는 불빛을 눈으로 좇았다. 잠시 구석에 머무르던 불빛은 이내 다시 정원을 나가 정원 주위를 맴돈 뒤 멀어져 갔다. 주은은 불빛이 시야에서 완전히 사라질 때까지 기다렸다.

불빛이 사라지자마자 주은은 책상으로 돌아와 앉았다. 예전부터 밤에 종종 머리를 식히려는 의도로 정원의 모습을 내려다보던 주은은 몇 달 전만 해도 정원에 들어가는 사람이나 불빛은커녕 정원 근처에 접근하는 사람조차 전혀 본 적이 없었다. 오래되어 사람들의 기억 속에서 잊힌 정원에 방문하는 건 주은과 길고양이 한 마리, 자그마한 동물들 몇 마리뿐이었다. 다시 말해 정원은 주은만의 비밀 공간이었다. 예전에는 어떤 사람이 어떤 용도로 사용했는지 모르겠지만 지금은 주은이 공부로 채워져 쉴 틈 없이 돌아가는 일상에서 유일한 휴식처로 사용하는 곳.

"신경 쓰이네……."

주은은 조그맣게 중얼거렸다. 온통 점수들과 숫자들, 암기로 채워진 일상에서 유일하게 자신의 공간이라고 생각했던 정원. 그동안 주은을 제외하고 아무도 관심 없었던 그 공간에 갑자기 침입한 사람이 누군지 주은은 알아야만 할 것 같았다.

하지만 바람과 달리 주은은 다음 날 아침에 눈을 뜨자마자 정원에 방문할 짬을 낼 수 없는 상황을 맞닥뜨렸다. 시험 기간이라면 언제나 그랬듯이 부모님, 특히 엄마는 주은이 공부를 하다가 어디로 빠지지 않는지 주의 깊게 살펴보고 있었다. 때문에 주은이 기말고사가 끝나기 전 정원에 방문한다는 건 하늘의 별 따기나 다름없이 어려웠다. 저번에는 엄마도 가볍게 넘어갔지만 이번에도 전과 같은 방법을 쓴다면 의심을 살게 분명했다. 결국 주은은 모레까지 기말고사에 집중하고 기말고사가 끝나자마자 엄마에게 부탁해 잠깐의 휴식 시간을 내자고 결심했다. 정원에 들어간 그 사람이 주은이 정원에 방문할 때 있을지는 의문이었지만 지금 주은이 내릴 수 있는 최선의 결정은 그것이었다. 주은은 학교에 일찌감치 도착해 다시 한번 교과서를 훑어보며 정원 생각은 몰아내려고 애썼다.

오늘만큼은 민솔도, 유미도 하린도 주은의 자리로 찾아오지 않았다. 평소 활기차던 반에도 무거운 정적이 감돌고 있었다.

벌써 몇 번이나 읽은 밑줄 친 부분을 훑어 읽었다. 머릿속에 정원의 모습이 떠나지를 않았다. 주은은 정원의 모습을 쫓기 위해 이마에 손을 가져다 댄 채 눈으로 다시 한번 교과서를 훑었으나 그 모습은 꿋꿋이 자신의 자리를 지켰다.

"집중해야 하는데……."

기말고사 시작을 알리는 선생님의 목소리에 묻힌 주은의 중얼거림과 달리 정원의 모습은 끝내 주은의 머릿속에 남았다. 시험지를 건네받아 시험을 치를 때도 마찬가지였다. 몇 번이나 마음을 가다듬어도 아른거리는 정원의 모습과 정원을 맴돌던 형체와 불빛, 고양이 앞에 놓여 있던 플라스틱 그릇의 모습을 지워 낼 수는 없었다.

결국 주은은 뒤숭숭한 기분으로 세 과목 시험지를 제출하고 재빨리 교실을 나왔다. 어떤 문제가 나왔는지, 자신이 적은 답변은 무엇이었는지 하나도 기억나지 않았다. 주은은 교문 앞에서 기다리고 있는 엄마의 차에 올라타서도 침묵했다. 집에 도착해 방에서 펼친 내일 시험 과목의 교과서 중 눈에 들어오는 건 단 한 글자도 없었다. 주은은 저절로 창문으로 향하는 눈길을 느끼고 창문 커튼으로 거칠게 창문을 막았다.

스스로도 이런 자신이 답답했지만 몰아낼 수 있을 거라고 생각했던 정원의 모습은 끝내 그 자리를 지켰다.

"집중!"

주은은 부모님의 얼굴을 떠올렸다. 외동인 주은은 항상 자신에 대한 부모님의 기대를 느끼며 살아왔다. 정확히 말하자면 엄마는 주은의 성적에 대해 기대를 품었고 아빠는 그런 주은이 힘들어할 때마다 위로를 건네고 공부를 도와주었다. 그러나 엄마만큼은 아니더라도 아빠 역시 항상 주은에게 기대를 품고 있었다. 지금 주은이 다니는 학원도 부모님의 노력으로 알아낸 평판 높은 학원들이었다. 부모님을 생각해서라도 공부에만 전념하는 게 맞았다. 더구나 오늘 치른 과목들에는 집중하지 못했으니 다른 과목들로 만회해야 했다.

"정신 차리자."

주은은 눈을 부릅뜨고 교과서 글씨를 찬찬히 훑었다. 천천히 공부한 기억을 되살리던 그때였다.

날카롭게 집 안의 정적을 가르는 초인종 소리와 함께 엄마가 현관문을 여는 소리가 들렸다. 주은은 살짝 열린 방문 틈 사이로 현관문 쪽을 바라보았다.

"안녕하세요. 윗집에 이사 왔는데요……."

"아, 안녕하세요."

현관문을 막고 서 있는 엄마의 어깨너머로 주은 또래의 남자아이가 보였다. 키는 주은보다 클까 말까 해 보였고 한눈에 봐도 얇은 팔과 왜소한 체격을 가지고 있었다. 한 번도 본 적 없는 낯선 얼굴이었다.

그때 남자아이가 고개를 들어 주은을 바라보았다. 남자아이와 눈이 마주친 주은은 화들짝 놀라 그 눈을 피했다. 온통 신경이 귀에 쏠린 채 엄마와 남자아이의 대화를 듣고 있는데 곧 인사를 주고받는 소리가 들리더니 현관문이 닫혔다.

"똘똘하게 생긴 것 보니까 공부 잘할 것 같네."

엄마의 중얼거림이 들려왔다. 곧 비닐봉지가 바스락거리는 소리가 뒤를 이었다. 남자아이가 뭔가를 주고 간 모양이었다. 주은은 살짝 열린 방문도 굳게 닫은 채 다시 공부에 집중했다. 남자아이는 지금 주은이 대비하고 있는 기말고사와 아무런 관련도 없고 주은이 걱정하고 있는 정원과도 아무런 연관이 없을 가능성이 높으니까.

주은은 첫째 날과 달리 둘째 날과 셋째 날 시험에는 집중력을 발휘할 수 있었다. 셋째 날의 마지막 과목 시험지까지 제출한 주은은 반 아이들의 시험지를 정리하며 시험 성적표와 순위 발표에 대해 설명하는 선생님의 말에 귀를 기울였다.

"기말고사 성적과 중간, 기말 합산 순위는 다음 주 월요일에 인쇄물로 배부할 예정입니다. 그럼 기말고사 치르느라 수고하셨습니다. 오늘은 집에서 마음껏 놀아도 됩니다!"

선생님의 말에 아이들은 환호성을 지르며 인사를 하는 둥 마는 둥 하고 달려 나갔다. 주은도 서둘러 가방을 챙겨 교실을 나섰다. 엄마에게 오늘 잠시 밖에 나가도 되는지 물어볼 생각이었다.

"주은아!"

아이들 틈에서 자신을 부르는 목소리가 들려오자 주은은 그쪽으로 고개를 돌렸다. 민솔과 유미, 하린이 주은을 바라보고 있었다.

"오늘 안 바쁘면 같이 놀러 갈래? 나 엄마한테 허락받았어."

민솔이 아이들의 시끌벅적한 소리에 묻히지 않도록 큰 소리로 물었다. 주은은 순간 정원의 모습과 민솔과 유미, 하린의 모습이 겹쳐지는 듯했다. 정원에 방문할 것인가, 친구들과 즐거운 시간을 보낼 것인가. 주은은 두 선택지 사이에서 우왕좌왕했다.

"미안…… 나 오늘은 좀."

마침내 주은이 입을 열었다. 정원에 대한 걱정이 친구들과의 즐거운 시간을 누른 셈이었다. 주은은 울상을 짓는 셋의 모습이 마음에 걸렸지만 애써 덧붙였다.

"다음에는 꼭 놀자."

"그래. 우리 다 시간 되는 날 한 번쯤은 있겠지."

주은은 입꼬리만 끌어올려 웃는 셋을 뒤로하고 서둘러 학교를 빠져나왔다. 여느 때와 다름없이 엄마의 차가 교문 앞에 주차되어 있었다. 주은은 차에 올라타 천천히 숨을 들이마신 뒤 입을 열었다.

"엄마. 오늘 시험 끝난 기념으로 잠깐만 나갔다 와도 돼요?"

주은의 물음에 차 뒷거울로 보이는 엄마의 눈꼬리가 올라갔다.

"오늘? 음…… 어디 가는 건데?"

"놀이터에서 좀 놀려고요."

다른 아이들은 중간고사, 기말고사가 끝나면 며칠 동안은 공부 없이 마음껏 하고 싶은 일을 한다고 했다. 하지만 그건 주은에게는 불가능한 이야기였다. 주은에게 휴일이란 짧은 가족 여행을 떠날 때나 한 달에 몇 번, 학원이나 강의가 적은 날 뿐이었다.

"한 시간 정도는 될 것 같아. 시험도 끝났으니까 특별히 허락해 주는 거야."

"네."

주은은 뛸 듯이 좋은 마음을 억누르고 슬며시 미소 지었다.
다른 아이들에겐 턱없이 적어 보일지 몰라도 주은에겐 소중
한 시간이었다.

"어디서 내려 줄까?"

"아, 그냥 주차장에서 내려 주시면 걸어서 놀이터까지 갈
게요."

주은은 그럴싸한 말을 한 뒤 당장이라도 차에서 내려 정원
까지 달려가고 싶은 마음을 억누른 채 참을성 있게 차가 주
차되기를 기다렸다. 마침내 시동을 끈 엄마가 주은의 가방을
받아 들어 어깨에 대충 걸쳐 메고 입을 열었다.

"지금이 3시니까 4시 전까지는 집에 와야 해. 그래야지 학
원 갈 준비 하지. 숙제 다 했지?"

주은은 고개를 크게 끄덕였다. 너무 과했나 싶은 생각이 들
었지만 엄마는 "엄마는 갈게."라는 말을 마지막으로 아파트
출입문 쪽으로 사라졌다. 주은은 엄마의 모습이 사라질 때까
지 눈으로 확인한 다음 정원 쪽으로 한달음에 달려갔다. 오랜
만에 책가방 없는 홀가분한 몸이 깃털처럼 가볍게 느껴졌다.

정원의 모습이 눈에 들어오자마자 주은은 걸음을 늦췄다.
시야를 가로막는 울타리 때문에 안에 누가 있는지는 보이지
않았다. 천천히 정원 쪽으로 걸음을 옮겼다. 어느새 심장이

방금 전의 달리기가 아닌 긴장감 때문에 쿵쿵거리기 시작했다. 주은은 자신만의 정원에 불쑥 등장한 그 사람이 지금 있는지 확인하기 위해 숨을 죽인 채로 정원 입구 쪽으로 다가갔다.

입구에 위치한 문을 밀다가 문이 이미 열려 있다는 사실을 깨닫고 눈을 동그랗게 떴다. 마지막으로 방문했을 때 문을 닫았는지 도통 기억이 나질 않았다. 주은은 마지막으로 숨을 한번 크게 들이쉬고 정원에 들어섰다.

정원에는 아무도 없었다. 주은은 순간 깊은 한숨을 내쉬었다. 이어서 헛웃음이 밀려왔다. 아무도 없는데 긴장한 자신이 우습게 느껴졌기에 나오는 헛웃음이었다. 주은은 어느새 고양이도 떠나고 없는 텅 빈 정원을 둘러보았다. 플라스틱 그릇도 사라지고 없었다. 어쩌면 모두 잘못 본 것이 아닐까. 기말고사와 공부에 대한 압박감이 만들어 낸 허상이 아니었을까.

하지만 그 생각은 등 뒤에서 문이 삐걱대는 소리에 의해 주은의 머릿속에서 형태도 없이 사라지고 말았다. 주은은 심장이 쾅 내려앉는 것을 느끼며 천천히 고개를 문 쪽으로 돌렸다.

"어? 안녕?"

주은은 눈을 동그랗게 뜬 채 인사를 건네는 남자아이를 바라보았다. 그 아이였다. 며칠 전 현관문 앞에서 엄마의 어깨 너머로 눈이 마주쳤던 아이. 그 아이가 각각 한 손에 뭔가를 하나씩 든 채로 문을 등지고 서서 주은을 향해 어색하게 웃어 보이고 있었다.

"너는 그때 그……."

주은이 가까스로 입을 열자 아이가 고개를 갸웃하며 주은을 뚫어져라 바라보았다. 이내 아이는 작은 소리로 아, 하는 탄성을 내뱉었다.

"우리 집 아래층 맞지? 방에서 공부하다가 나랑 눈 마주쳤던."

남자아이가 해맑은 얼굴로 한 말에 주은은 아무 말도 할 수 없었다. 정원을 철거하려는 어른이 아닌 또래의 아이라 안심이 되기도 했지만 그럼에도 이 아이가 주은만의 공간에 들어온 것은 변함없는 사실이었다.

"어떻게 여기에 오게 된 거야?"

주은은 자신을 빤히 바라보고 있는 남자아이에게 다짜고짜 물었다. 남자아이는 입을 다문 채 주은을 바라보다 대답했다.

"이사하는 날에 심심해서 아파트 둘러보다가. 혼자 있는 걸 좋아해서 그런 장소를 찾고 있었거든. 근데 여기 이런 정원이 있어서 들어와 봤어. 그때 고양이도 봤는데 오늘은 없네."

주은은 정원을 둘러보는 남자아이에게서 아직도 시선을 떼지 못하고 있었다. 그러다 주은은 곧 정원에 들어온 사람을 찾는 데에만 집중했지 그 사람을 찾은 뒤에 어떻게 해야 할지는 고려해 보지 않았다는 사실을 깨달았다. 정원은 주은만의 비밀 공간이었기에 다른 사람과 공유하는 것이 싫긴 했지만 정원이 주은의 소유는 아니었으니 남자아이에게 뭐라 할 처지는 아니었다. 주은이 얼기설기 엮인 실타래 속에서 뭐라고 해야 할지 고심하는 동안 남자아이는 사뿐사뿐한 걸음걸이로 정원 한구석에 가더니 손에 들고 있던 뭔가를 내려놓았다.

"그게 뭐야?"

주은이 던진 질문에 남자아이는 눈을 깜빡이며 주은 쪽을 돌아보았다.

"고양이 밥이야. 길고양이들한테 밥 챙겨 주는 게 안 좋다고 하는 사람들도 있지만 너무 불쌍해 보여서."

남자아이가 몸을 일으켜 그때 주은이 본 플라스틱 그릇을 가만히 내려다보았다.

"근데 넌 여기서 뭐 해? 보아하니 학생인 것 같은데."

남자아이가 창백한 피부 때문에 유난히 짙어 보이는 눈동자로 주은을 응시했다.

"오늘 기말고사 마지막 날이야. 그건 그렇고 너는 어느 학교길래 처음 보는 얼굴이야?"

"학교?"

남자아이가 처음으로 입을 굳게 다물었다. 주은은 마찬가지로 아무 말도 하지 않고 남자아이의 얼굴만 바라보았다. 그러나 마침내 남자아이가 입을 열었을 때 돌아온 말은 주은의 질문에 대한 대답이 아닌 다른 말이었다.

"학교는 상관없고. 난 김윤호야. 열다섯 살이고. 너는?"

주은은 남자아이, 아니 윤호에게 학교가 어디냐고 되묻고 싶었지만 이내 그 생각은 접었다. 사람마다 답하고 싶지 않은 질문은 존재하는 법이니까. 물론 학교가 어디냐는 질문에 답하지 않는 경우는 드물었으나 주은은 사정이 있을 거라고 스스로를 타일렀다.

"난 이주은이야. 열다섯 살이고. 이 정원에 5년 전부터 방문해 온 사람이지."

주은은 천천히 자신을 설명하며 윤호를 힐끗 보았다. 시선은 바닥에 무성한 잡초로 향한 채로 윤호는 연신 고개를 끄덕이고 있었다.

"그리고 며칠 전부터 정원에 들어온 거, 너 맞지? 너 보고 엄청 놀란 사람이기도 해. 지난 5년간 정원에 찾아오는 사람이라고는 나밖에 없었거든."

"그렇구나. 이렇게 완벽한 휴식 공간을 왜 아무도 찾아오지 않았던 걸까?"

윤호가 가느다란 팔을 내려 잡초를 한 움큼 뽑아내며 중얼거렸다.

"아니면 아무도 찾아오지 않아서 휴식 공간인 건가?"

윤호는 뽑아낸 잡초를 살펴보더니 주머니에서 꺼낸 비닐봉지에 쑤셔 넣었다.

주은은 대답하지 않고 윤호의 행동 하나하나를 살펴보았다. 잡초를 뽑으면서 재빠르게 움직이는 팔, 가끔 멈칫하며 주은에게는 똑같아 보이는 풀을 건너뛰는 모습까지. 그러고 보니 정원의 잡초가 줄어든 것 같기도 했다. 며칠간 윤호가 꾸준히 뽑아 온 걸까?

"맞다, 너희 집에 가져다준 쿠키, 먹어 봤어? 우리 집이 이사를 좀 늦은 시간에 한 것 때문에 미안해서 내가 직접 만들었어. 맛있었을지 모르겠다."

윤호는 여전히 분주하게 움직이며 입을 열었다. 주은은 고개를 가만히 끄덕였다. 눈으로는 윤호가 지나갈 때마다 제거되는 잡초들과 가끔 남겨 놓는 풀들을 살펴보고 있었다. 주은도 정원을 가꿔 보려는 생각을 품기도 했지만 일정을 되짚어

보며 포기한 게 여러 번이었다. 지금도 주은은 자신에게 정원을 가꿀 만한 시간이 있다고 생각하지 않았다.

주은은 무심코 손목에 찬 시계로 시선을 내렸다가 화들짝 놀랐다. 3시 30분이 넘어가고 있었다. 정원에 온 지 30분이 지났다는 뜻이었다. 주은은 황급히 몸을 돌려 정원을 빠져나왔다.

"잘 가."

등 뒤에서 윤호가 소리쳐 인사를 건네는 소리가 들렸다. 주은은 뒤를 돌아볼 새도 없이 집으로 곧장 내달렸다. 아파트 엘리베이터를 잡아타고 나서야 숨을 고를 수 있었다. 주은은 엘리베이터에 쓰러지듯 기대며 윤호를 떠올렸다. 정원에 누군가가 찾아오게 되었다는 건 이상한 기분이긴 했지만 무조건 나쁜 건 아닐 듯했다. 어쩌면 윤호가 정원을 가꾸어 줄 수 있을 테니 주은에게는 더 좋은 일일 수도 있었다.

주은은 숨을 크게 들이마시면서 받아들이기로 했다. 윤호는 주은이 우려했던 정원을 빼앗아 갈 사람으로는 보이지 않았다. 주은은 묘한 마음을 털어 낸 뒤 엘리베이터 도착 소리를 등지고 집 현관문 쪽으로 향했다.

뒤틀린 일상

　교실은 조용했다. 주은은 숨 막히는 정적의 이유를 쉽게 짐작할 수 있었다. 주은이 달력에도 명확하게 새겨 놓았던 '성적표와 순위 공개 날'이었기 때문이었다.

　주은은 주먹을 말아 쥔 채 반 아이들을 둘러보았다. 그 사이에서 몇 번이나 숨을 고르는 민솔, 유명 걸그룹의 춤을 현란한 손으로만 따라 하며 자신만의 방법으로 긴장을 가라앉히는 유미, 그리고 언제나 그렇듯 손을 가지런히 모으고 담담히 기다리고 있는 하린이 보였다. 주은은 그들의 모습을 둘러보며 긴장을 가라앉힌 뒤 칠판 앞에 서 있는 선생님을 바라보았다.

　"여러분. 드디어 성적표와 순위 공개 날이 찾아왔습니다."

선생님이 손에 들고 있는 종이를 가지런히 정리하며 조용히 입을 열었다.

"전에 공지했던 것처럼 이번 성적표에는 기말고사 점수와 함께 중간, 기말 합산 순위가 적혀 나옵니다. 중간 순위와 변동이 있는 친구들이 제법 보이네요. 그럼 1번부터 이름 불리면 앞에 나와서 받아 가면 됩니다."

3번인 민솔은 멀리서 봐도 알 수 있을 정도로 심하게 긴장한 듯했다. 주은은 20번이라 여유는 있었지만 한편으로는 그냥 빨리 받고 싶기도 했다. 결과를 일찍 본다면 그만큼 긴장하는 시간도 늦출 수 있을 것 같았으니까. 주은은 시험 첫날에 정원 생각 때문에 집중하지 못한 게 떠올라 얼굴을 찌푸렸다. 괜찮은 점수가 나왔을까?

그러고 보니 윤호도 열다섯 살이라고 했다. 윤호도 중학교에서 기말고사를 볼 나이인데. 어제 일찍감치 정원에 있었던 걸 보면 윤호도 시험이 끝난 걸지도 몰랐다. 윤호가 어제 알려 주지는 않았으나 주은의 학교 근처에는 중학교는 물론 초등학교와 고등학교, 심지어 대학교도 많았다.

"20번 이주은."

주은은 선생님의 목소리에 화들짝 놀라 벌떡 일어났다. 선생님이 주은을 빤히 바라보고 있었다. 주은은 칠판 앞으로 다가가 선생님에게서 두 장의 종이를 받아들었다. 첫 번째 장에 굵은 글씨로 적혀 있는 '성적표 : 이주은'이라는 글씨가 보였다.

주은은 자리에 앉아 떨리는 손으로 종이를 펼쳤다. 제일 먼저 시험 점수가 보였다. 주은은 첫째 날에 쳤던 과목부터 읽어 내려갔다. 눈이 아래로 이동할 때마다 얼굴이 심각해지는 걸 주은 스스로도 느낄 수 있었다.

첫째 날 1교시에 봤던 국어는 97점이었다. 나쁘지 않은 점수였지만 공부 잘하는 아이들만 모여 있는 반에서 밀려나기에는 충분한 점수였다. 주은은 이어서 이어지는 첫째 날 과목들 역시 98점, 96점과 같이 실수가 하나씩 있었다는 걸 깨닫고 순위를 확인하기가 두려워졌다. 둘째 날과 셋째 날에 치른 과목에서는 실수가 없었지만 첫째 날 과목 때문에 어떻게 될지 알 수 없었다.

주은은 숨을 크게 들이마시고 종이를 넘겼다. 반 아이들 28명의 순위가 눈앞에 나타났다.

1등은 하린이였다. 놀랍지 않은 결과였다. 하린의 노력은 전교 1등을 하고도 남을 정도일 터였다. 주은은 이어지는 순위들 역시 읽어 내려갔다. 2등 옆에는 유미의 이름이, 3등 옆에는 민솔의 이름이 당당히 자리하고 있었다. 4, 5, 6등에는 모두 같은 학원을 다니는 아이들의 이름이 차례로 적혀 있었고 주은의 이름은 그 모든 이름의 뒤쪽, 7등에 적혀 있었다. 심장이 쾅 내려앉았다. 벌써 엄마의 목소리가 들려오는 듯했다. 같은 학원 다니는 애들이 다 주은이보다 성적이 높네.

주은은 순위 옆에 적혀 있는 평균 점수를 눈으로 훑었다. 하린은 평균 100점, 유미는 평균 99.6점, 민솔은 99.5점, 그리고 차례로 99.3, 99.1, 98.9점이 이어진 다음에야 98.7점이라는 주은의 점수가 눈에 들어왔다. 저번 중간고사의 평균 점수가 99점이었다는 걸 생각하면 한숨이 새어 나오는 결과였다. 주은은 하린과 유미, 민솔과 같은 학원에 다니는 아이들의 점수를 바라보았다. 99점이 넘는 점수라면 어떤 아이의 것이든 자신의 점수와 바꾸고 싶었다.

주은은 멍하니 앞을 보았다. 집에 가서 주은의 성적표와 순위를 본다면 엄마는 꼼꼼히 살펴본 뒤 주은의 공부량을 늘릴 것이다. 저번 중간고사에서도 몇몇 실수들로 평균 100점이 나오지 않자 엄마는 인터넷 강의를 추가했다. 지금은 그때보다 점수가 더 떨어졌으니 강의를 추가하는 것으로 끝나지 않을지도 몰랐다. 학원이나 과외 같은 게 추가될 수도 있겠지.

주은의 눈앞에서 정원이 계속 아른거렸다. 첫째 날에 집중하지 못한 건 정원 걱정 때문이었지만 지금처럼 그곳이 그리운 적도 없었다. 엄마의 말을 듣기 전 조금이라도 정원에서 마음을 가다듬고 갈 수 있다면. 하지만 주은도 그것이 불가능한 바람이라는 걸 알고 있었다. 부모님 모두 오늘이 성적표와 순위 공개 날이라는 걸 학교 공지 사항으로 이미 알고 있었다. 주은은 더욱 두려워졌다. 부모님의 실망과 추가될 공부량 그리고 정원에 다시는 찾아가지 못할 수도 있다는 생각 때문에.

집에 도착하자마자 엄마는 주은에게서 성적표와 순위를 건네받아 훑어보았다. 주은은 곁눈질로 엄마의 표정 변화를 살폈으나 엄마는 이상하리만치 무표정이었다. 주은은 그대로 방으로 들어와 방문을 닫았다. 갑작스레 피로가 밀려왔다. 주은의 수면 시간이 청소년 권장 수면 시간보다 한참 부족한 탓일 터였다.

주은은 멍하니 침대에 누워 천장을 바라보았다. 지금 상태로 강의를 들을 수 있을지 의문이었다. 주은은 하린과 유미, 민솔을 떠올렸다. 셋은 홀가분해 보였다. 1, 2, 3등을 차지했으니 기뻐하는 것도 무리는 아니었다. 주은은 그들에게 짧은 축하 인사를 건네고 도망치듯 엄마 차를 올라탔다. 물론 셋은 주은을 축하해 주고 격려해 줄 테지만 주은이 그들의 눈을 마주 보기 두려웠기 때문이었다. 셋을 본다면 부러움 때문에 왈칵 눈물이 솟구칠 것 같았다.

주은은 침대에서 몸을 일으켜 창문을 열고 정원을 내려다보았다. 그때 누군가 정원 쪽으로 빠른 속도로 뛰어가는 게 눈에 들어왔다. 윤호였다. 가느다란 팔다리, 하얀 피부로 주은은 그 사람이 윤호라는 걸 알 수 있었다.

윤호는 누군가에게 쫓기는 사람처럼 정원으로 급히 들어가더니 정원 문을 닫아 걸쇠까지 채웠다. 주은도 별로 이용해 본 적 없는 걸쇠였다. 뻑뻑해서 잘 안 채워진다는 이유도 있었으나 그보다는 정원에 방문하는 사람이 없어 걸쇠를 채울 필요가 없었다. 윤호는 정원 구석까지 들어가더니 뭔가를 품에 끌어안았다. 멀어서 잘 보이지는 않았지만 추측건대 길고양이 같았다.

"주은아."

그때 노크 소리와 동시에 엄마의 차분한 목소리가 들려왔다. 주은은 황급히 창문에서 떨어져 방문 쪽으로 다가가 방문을 열었다. 엄마가 주은을 바라보며 서 있었다.

"네."

"엄마가 성적표랑 순위 봤는데 우선 너무 고생했어. 근데 알지, 실수가 계속 나오면 나중에 수능처럼 중요한 시험이나

면접에서도 실수하게 되는 거. 그러니까 엄마가 주은이가 더 이상 실수하지 않도록 아빠랑 상의해 볼게. 일단 방에서 강의 듣고 있어."

엄마가 조용한 목소리로 말했다. 주은은 몇 달 전, 중간고사 결과를 엄마에게 말했을 때가 떠올랐다. 그때도 엄마는 이때와 거의 똑같이 말했고 똑같이 행동했었다.

"그리고…… 창문은 조금 있다 닫는 게 좋겠다."

엄마가 열어 놓은 주은의 방 창문을 힐끗 보더니 살며시 웃었다. 주은은 마주 웃어 보였지만 입꼬리가 쉽사리 올라가지 않았다.

"그럼 엄마는 나가 볼게. 강의 잘 듣고 있어."

엄마는 그 말을 끝으로 방문을 닫고 주은의 방에서 떠났다. 주은은 한동안 가만히 서 있다가 책상에 앉았다. 창문은 닫지 않은 채였다. 열린 창문 사이로 여름의 바람이 날아들었고 커튼이 펄럭이는 그림자가 방 안에 드리워졌다.

부모님의 상의는 저녁을 먹은 뒤 이뤄졌다. 주은은 방문을 닫고 책상에 앉아 시선은 문제집으로 내린 채 있었지만 귀는 들려오는 부모님의 대화로 쏠린 상태였다. 부모님이 평소보다 훨씬 작은 목소리로 대화했음에도 불구하고 주은은 부모님의 대화를 처음부터 끝까지 모두 들을 수 있었다.

"주은이 학원을 더 추가해야 할까 봐."

"지금도 좀 많은 것 같은데, 또 추가하면 애가 너무 힘들지 않겠어? 점수도 괜찮던데 너무 고생시키는 것도 안 좋아."

엄마의 조용한 목소리에 뒤이어 아빠의 목소리가 들려왔다. 주은은 책상에 가만히 놓여 있는 성적표와 순위를 응시했다. 평균 98.7점, 반 7등. 반 1등과는 1.3점 차이, 반 6등과는 0.2점 차이. 정원 생각으로 정신 팔리지만 않았다면 충분히 뒤집을 수 있었을 텐데.

주은은 문득 정원에 황급히 숨던 윤호가 떠올랐다. 그래, 주은의 정신이 정원으로 온통 쏠리게 한 건 윤호였다. 윤호가 정원에 진입한 걸 주은이 봤기 때문에 정원 생각을 몰아낼 수 없었던 것이다. 하지만 지금 상황으로서는 주은은 윤호를 원망할 수 없었다. 정원으로 숨어들던 윤호에게 주은처럼, 아니 어쩌면 주은보다 더한 사연이 있을 것 같았기 때문이었다.

주은은 부모님의 대화에서 등을 돌려 창문으로 다가가 정원 쪽을 내려다보았다. 이미 밖은 컴컴했기에 정원에 누가 있는지는 구분할 수 없었다. 정원을 가만히 내려다보고 있던 주은의 귀에 엄마의 목소리가 꽂혔다.

"이번 시험에서 점수 떨어진 과목만 좀 알아보려고. 지금 주은이랑 같은 학원 다니는 애들이 다 점수가 주은이보다 높던데 부모로서 가만히 두고 볼 수는 없잖아. 중학교 때부터 밀려나면 나중에 대학 갈 때는 어떻게 하려고. 중학교 2학년은 이제 막 고등학교 대비할 시기라서 안 그래도 중요한데."

"그건 그렇지만……."

"이미 유명한 학원들 다 알아봤어. 일정 변동이 좀 있을 것 같지만 어쩔 수 없지. 지금 일정으로 반복하면 성적이 계속 비슷할 것 같아. 심지어는 떨어질 수도 있을 것 같고."

"아무리 생각해도 너무 과한 것 같아. 고등학생도 아니고 이제 중학교 2학년인데."

"요즘 중학생들은 다 그 정도는 해. 나는 주은이가 밀려나지 않도록 도와주려는 거야. 다 주은이를 위해서야."

주은은 엄마의 마지막 말이 머리에서 맴도는 걸 알 수 있었다. 요즘 중학생들은 다 그 정도는 해. 다 주은이를 위해서야. 주은은 저 멀리 보이는 정원이 다시는 가지 못할 장소처럼 느껴졌다. 이렇게 가까이 있음에도 닿을 수 없는 장소처럼.

"내가 주은이한테 잘 말해 볼게."

주은은 들려오는 엄마의 발소리에 창문에서 물러나 책상으로 향했다. 마치 아까까지 공부하고 있었던 것처럼 연필을 잡고 이미 빼곡한 풀이 옆에 글씨 몇 개를 더 끄적였다.

주은이 마침표를 찍자마자 엄마가 방문을 부드럽게 노크하고 들어왔다.

"주은아, 아빠랑 상의해 봤는데 일정 변동이 조금 있을 것 같아. 선생님들이 엄청 친절하다는 국어 학원을 좀 찾아봤는데 과학 학원이랑 시간대가 겹치더라고. 그래서 과학 학원을 마지막 시간대로 옮겨야 할 것 같아. 괜찮지?"

주은은 눈이 번쩍 떠졌다. 과학 학원은 민솔과 같이 다니는 학원으로 학원 중 그나마 민솔 덕분에 견딜 수 있는 학원이었다. 다른 학원은 자신보다 어리거나 나이가 더 많은 사람들 틈에서 선생님의 짧은 설명을 듣고 문제만 푸는 지루한 학원이었지만 과학 학원은 오랜 친구인 민솔과 나란히 앉아 같이 문제를 상의할 수 있다는 것만으로도 즐거운 곳이었다.

"과학 학원⋯⋯."

주은은 조그마한 목소리로 중얼거렸다. 벌써 모르는 사람들 틈에서 지루하게 문제만 풀고 있는 자신의 모습이 그려졌다.

"응? 뭐라고 했니?"

"아니에요."

엄마가 묻자마자 반사적으로 대답한 주은은 마음속으로 깊이 후회했다. 그냥 과학 학원은 시간 옮기기 싫다고 말하지, 또 아니라고 해 버릴 게 뭐람. 하지만 이미 돌이키기엔 늦었다. 엄마는 이미 만족스러운 얼굴로 고개를 끄덕이고 있었다.

"힘들겠지만 재밌을 거야. 가끔 토론 연습이나 글쓰기 같은 것도 한다고 하니까. 그럼 언제부터 되는지 연락해 보고 말해 줄게."

엄마가 조용히 방문을 닫자마자 주은은 책상에 이마를 대고 엎드렸다. 그동안 주은의 버팀목이었던 소소한 일상의 조각들이 하나씩 주은의 곁을 떠나가고 있었다. 사실상 불가능해진 정원 방문이나 민솔과의 시간 같은…….

주은은 내일 이 소식을 전하면 민솔이 어떻게 반응할지 생각해 보았다. 아마 아쉬워할 것이다. 민솔도 주은 없이 학원을 견뎌야 하는 상황에 놓이게 될 테니까. 하지만 민솔은 주은보다 몇 등이나 높은 점수를 받았다. 민솔의 일상은 주은의 일상처럼 달라지지 않았을 터였다.

주은은 한참 동안 책상에 엎드린 채로 눈앞에서 교차하는 변해 버린 일상과 민솔과 정원을 생각했다. 아마 정원을 방문할 윤호까지. 주은은 윤호가 자신이 왜 나타나지 않는지 궁금해할까, 의문스러워졌다. 아니면 정원을 독차지할 수 있게 되어 기쁠지도 몰랐다. 윤호로서는 마음 놓고 휴식을 취

할 자신만의 공간이 생겨서 기뻐하는 것도 무리는 아닐 것이다. 그 생각을 하자 마음이 아파 왔다. 변하게 될 건 주은의 일상이지 민솔이나 다른 친구들, 혹은 윤호의 일상이 아니었다. 주은이 새로운 일상에 적응하려고 하는 동안 그들은 이미 익숙해진 똑같은 일상 속에서 주은의 존재를 거의 잊은 채 살아갈지도 몰랐다.

눈물이 나오려는 걸 억누르면서 주은은 심호흡했다. 단단히 마음을 먹어야 했다. 이제부터 변할 일상을 견뎌 내려면.

다음 날 주은은 학교에 가자마자 민솔의 자리로 향했다. 자신도 놀랄 만큼 평온한 목소리로 "이제 학원이 추가돼서 과학 학원 시간대가 달라져 버렸어."라고 말한 주은은 진심으로 놀란 민솔의 얼굴을 가만히 지켜볼 수밖에 없었다.

"왜?"

오랫동안 기다린 끝에 민솔의 입에서 나온 질문은 짧았다. 주은은 민솔의 얼굴을 마주 보고 서글픈 웃음을 지었다.

"시험 점수 때문에. 엄마가 저번 중간고사보다 점수 떨어졌다고 국어 학원 추가하셨어."

"하지만 과학이랑 수학 같은 건 다 100점이잖아. 영어도 그렇고. 평균 점수가 낮은 것도 아니고 반 10등 안에 들고도 남았잖아."

"근데 같은 학원 다니는 애들한테는 다 밀려나 버렸어. 하린이부터 6등까지 다 같은 학원 다니는 애들이거든. 미안해. 같이 학원 못 가게 돼서."

주은은 멍한 민솔의 손을 꼭 잡은 뒤 민솔을 뒤로하고 자리로 돌아왔다. 멀리서 유미와 하린의 시선이 느껴졌다. 주은은 둘을 향해서도 웃음을 지어 보이려고 했으나 입꼬리가 도통 올라가지를 않았다.

주은은 펴 놓은 문제집으로 시선을 내렸다. 국어 문제집이었다. 국어 학원에서 공통으로 필요한 문제집이었는데 주은이 한 번도 들어 보지 못한 문법 개념을 설명하고 있었다. 주은은 문제집을 팔락팔락 넘기다가 딱 멈추었다. 눈을 사로잡는 '뒤틀린 일상'이라는 제목이 보였기 때문이었다. 주은은 그 밑으로 이어지는 시를 읽어 내려갔다.

오랫동안 내 일부분이었던 일상,
내게 즐거움을 제공하던 일상,
나와 함께했던 일상,

반짝이는 시간들을 품은 일상.

내가 사랑했던 그 일상은
이제는 내 곁을 스쳐 가 사라진 일상.
이제 나에게 남겨진 거라고는
뒤틀린 일상뿐.

뒤틀린 일상. 주은은 그 단어를 되풀이해 곱씹었다. 이 시
처럼, 그리고 뒤틀린 일상이라는 낱말처럼 지금 주은에게 어
울리는 단어도 없었다. 마음이 더욱 무거워지는 기분이었다.
무거워질 대로 무거워진 마음으로 주은은 문제집을 덮어 버
렸다.

04

엄마

국어 학원의 이름은 '중학생을 위한 국어 학원'이었다. 하지만 이름과 달리 학원에 들어서자마자 주은보다 키가 훨씬 작은 초등학생들이 바삐 돌아다니는 게 보였다. 주은은 엄마가 알려 준 중학생 1반을 찾아 두리번거렸으나 사방에는 초등학생 1반, 초등학생 2반, 초등학생 3반 같은 초등학생 반만 빼곡했다.

"처음 보는 얼굴이구나. 몇 반이니?"

그때 뒤에서 친절한 목소리가 들려왔다. 주은이 뒤를 돌아보자 미소를 짓고 주은을 바라보고 있는 여자 선생님이 보였다. 옷에 고정된 이름표에는 '초-4 담당 한수영'이라는 글씨가 적혀 있었다. 주은은 고개를 숙여 인사하며 입을 열었다.

"중학생 1반이요. 새로 등록했어요."

"중학생 1반? 중학생 반은 1층이 아니라 2층에 있어. 1층은 초등학생 반이거든."

"아, 정말요? 감사합니다."

주은이 다시 한번 수영 선생님을 향해 고개를 푹 숙인 뒤 계단 쪽으로 바삐 발걸음을 옮겼다. 엄마가 차를 타고 학원으로 오는 길에 알려 준 수업 시작 시간까지는 아직 15분 남짓 남아 있었으나 주은은 반에 일찍 도착하는 편이 편했다.

"저기, 근데 1반이라면 단단히 대비하는 게 좋아. 1반은 중학생 반 중에서 가장 수업 난이도가 높기로 유명한 반이거든."

막 계단에 발을 올렸을 때 뒤에서 수영 선생님의 목소리가 들려왔다. 주은은 감사 인사를 전하려고 뒤를 돌아보았지만 선생님은 이미 복도 너머로 사라지고 없었다. 주은은 계단을 오르며 선생님의 조언을 떠올렸다. 난이도가 가장 높은 반이라……. 어쩌면 학원들 중 국어 학원이 가장 힘들어질지도 모른다는 생각이 얼핏 스쳤다.

종종걸음으로 계단을 올라 그동안 1층에서 헤맨 자신이 우습게 느껴질 정도로 쉽게 중학생 1반을 발견했다. 주은은 뒷문으로 돌아가 문을 살포시 열었다.

교실은 아이들이 이미 자리를 잡고 앉아 문제집을 팔락팔락 넘기는 소리를 제외하면 수업 시작 전이라고 믿기 힘들 만큼 조용했다. 주은은 수업 시작 전 쉬는 시간에는 시끌벅적한 자신의 학교와 학원의 교실을 떠올렸다. 이곳에 비하면 그곳은 콘서트장이나 다름없었다.

주은은 앉을 만한 자리를 찾아 훑다가 반에 있는 책상 중 유일하게 가방이 걸려 있지 않은 책상을 발견하고 걸음을 옮겨 그곳에 자리를 잡았다. 가방을 열어 필통과 문제집을 꺼내는 동안 아무도 주은에게 관심을 기울이지 않았다. 주은은 문제집을 가방에서 꺼내 펼쳤지만 사실 문제집에 집중은 할 수 없었다. 벌써 이리도 고요한 반과 수영 선생님의 조언 때문에 걱정이 스멀스멀 커지기 시작한 참이었다.

그때 문이 드르륵 열리는 소리가 들려왔다. 주은은 고개를 들어 앞을 보았다. 단정한 옷차림의 젊은 남자 선생님이 소리가 거의 나지 않는 발걸음으로 칠판 앞에 섰다. 키는 주은보다 컸지만 너무 큰 정도는 아니었다. 수영 선생님과 같은 위치에 있는 이름표에는 '중-1 담당 진은우'라는 글씨가 전등 불빛에 반짝거렸다. 주은은 선생님의 얼굴을 보았지만 무서운 선생님은커녕 엄격한 선생님인 것 같지도 않았다. 선생님의 얼굴에서는 그저 잔잔한 미소만 감돌았다.

주은은 선생님의 얼굴에서 시선을 돌리자마자 아이들이 일사불란하게 움직이고 있다는 것을 알아차렸다. 아이들은 재빠르게 필통에서 연필 또는 샤프와 지우개를 꺼내고 의자에 다리를 가지런히 늘어뜨리고 있었다. 주은 역시 뭐라도 해야 할 것만 같아 아이들을 따라 필통에서 연필과 지우개를 꺼내고 습관적으로 의자를 책상 쪽으로 바짝 끌어당겼다.

"안녕하세요, 여러분. 오늘 새로운 친구가 왔는데 박수 한 번 쳐 주세요."

선생님의 목소리에 아이들이 여전히 앞에 시선을 고정한 채로 몇 초간 주은을 위한 형식적인 박수를 쳤다. 새로운 아이가 오면 힐긋거리던 학교나 다른 학원과는 달랐다. 주은은 지금까지는 이상하게 이곳, 국어 학원만 자신의 학교나 다른 학원과 차이가 나는 이유를 발견하지 못했기 때문에 고개만 갸웃거리고 있었다. 선생님이 그다지 엄격한 것 같지도 않고 별다를 게 없는 것 같은데 왜 그런 걸까.

"그럼 바로 수업 들어가겠습니다. 문제집 36페이지입니다. 오늘은 좀 쉬엄쉬엄 나가겠습니다."

단조로운 목소리로 수업의 시작을 알린 선생님은 곧장 칠판에 글씨를 새기기 시작했다. 그리고 이제야 주은은 왜 이곳이 이렇게 조용한지 알 것 같았다. 한시라도 긴장을 늦춘다면 이 엄청난 수업 진행 속도에 발맞추지 못할 것이었다. 주은은 다른 아이들이 놀랄 정도로 빠르게 문제집과 공책에 필기하는 걸 멍한 얼굴로 바라보았다. 이미 주은의 최대치를 넘어선 속도였다. 주은은 선생님의 설명을 따라가려고 애썼으나 선생님의 설명은 주은이 예상한 것보다 훨씬 앞의 내용을 설명하고 있었고 방금 들은 내용도 기억나지 않을 정도였다.

너무나도 빠르게 흘러간 수업이 끝난 후 주은의 문제집은 깨끗했다. 주은은 인사를 하고 유유히 교실을 나가는 선생님의 모습을 눈으로 좇았다. 이렇게 빠를 줄은 예상하지 못했다. 아마 수영 선생님이 이곳이 난이도가 높기로 유명한 반이라고 한 것도 수업 속도 때문이었을 것이다.

주은은 아이들 절반이 반을 빠져나가고서야 천천히 가방을 싸고 반을 나섰다. 다음 학원이 아직 남아 있었지만 주은은 당장 집으로, 아니 정원으로 달려가고 싶은 마음이 간절했다. 이 충격에서 벗어나려면 정원으로 가는 방법밖에 없을 것 같았다. 앞으로 자신이 견뎌 낼 수 있을까도 의문이었다. 하지만 주은이 학원을 나서자마자 보인 건 엄마의 차였다. 주은은 차에 올라타 새로운 학원이 어땠는지 묻는 엄마의 말에 짧게 대답하고 창문에 머리를 기댔다. 아직까지 멍하니 얼어붙어 있던 국어 학원의 수업 시간이 잊히지 않았다.

"여보세요?"

멍하니 침묵 속에 잠겨 있던 주은을 깨운 건 엄마의 목소리였다. 주은의 눈에 전화기를 귀 옆에 댄 엄마의 모습이 보였다. 주은은 엄마의 뒷모습을 응시했다. 주은은 공부에 방해가 된다는 이유로 아직 전화기가 없었다. 하지만 전화기가 생긴다고 해도 따로 쓸 일이 있을 것 같지 않았다. 연락할 만한 친구들이라면 다들 학원에 다니느라 바쁠 테고 엄마가 항상 주은을 위해 학교나 학원이 끝날 때마다 기다리고 있었으니까.

"다음 주부터요?"

주은은 엄마의 목소리가 심각해지는 걸 알아차리고 허리를 바짝 세웠다. 그러나 귀를 쫑긋 세웠음에도 상대방의 목소리는 잘 들리지 않았다.

"알겠습니다."

엄마는 전화를 끊자마자 한숨을 푹 내쉬었다. 주은은 무슨 일인지 묻고 싶었지만 그럴 수 없었다. 심각한 문제라면 엄마는 아마 주은에게 말해 주지 않을 것이다. 주은은 창문을 향해 시선을 고정했다. 익숙한 과학 학원의 모습이 보였다. 주은은 차가 완전히 멈추자 엄마가 무슨 말이라도 하지 않을까 싶어 천천히 움직였지만 엄마는 항상 건네던 잘 다녀오라는 인사도 없이 차를 몰고 그대로 사라졌다.

주은은 과학 학원으로 들어가 익숙한 자신의 자리에 앉았지만 평소답지 않은 모습의 엄마를 떠올릴 수밖에 없었다. 요즘 주은에게는 너무 많은 일이 동시에 일어나고 있었다. 정원과 정원에 방문하는 윤호, 견딜 수 없을 것 같은 국어 학원, 마지막으로 엄마까지. 주은은 이런 일들이 없고 정원에 방문할 수 있던 시절로 돌아가면 뭐든 할 수 있을 것 같았다.

"후······."

주은은 무의식중에 한숨을 내쉬었다. 그리고 자신을 향한 낯선 얼굴들의 시선을 느끼자 황급히 입을 다물었다. 그러고 보니 오늘부터 다른 시간대로 옮기기로 했었지. 주은은 이 사실을 상기시키며 자세를 바르게 했다. 이제부터 주은이 다니게 될 시간대의 과학 학원에는 주은 또래의 중학생보다 단조로운 교복을 입은 고등학생이 훨씬 많이 눈에 띄었다. 어쩌면 마지막 시간대이니 중학생들에게는 늦은 시간일지도 몰랐다.

과학 수업은 대체로 다를 바 없었다. 시간대가 달라지니 선생님과 반 학생들은 달라졌으나 수업 내용은 같았고 국어 학원에서처럼 설명을 따라잡지 못하지도 않았다. 낯선 환경에 적응하기만 하면 과학 학원은 그리 힘들지 않을 것이다.

과학 학원이 끝날 때쯤에 창 너머로는 가로등 불빛밖에 보이지 않았다. 주은은 시계로 눈을 돌렸다가 10시 20분에 멈춰 있는 시곗바늘을 보고 눈을 동그랗게 떴다. 국어 학원이 추가되기 전에 주은의 학원 일정은 9시 30분 정도까지는 반드시 끝났다. 오늘은 하루가 정신없이 스쳐 지나갔기에 이렇게 시간이 늦은 줄은 상상도 하지 못했다. 학원에 아이들이 없는 것도 이해가 갔다.

주은은 더욱 무겁게 느껴지는 가방의 무게를 느끼며 깜깜한 밤을 가로질러 차에 올라탔다. 엄마의 질문을 기다리던 주은은 엄마가 아무런 말도 하지 않는다는 걸 알아차렸다. 주은은 눈을 감고 머리를 기댔으나 엄마의 침묵과 아까 걸려 온 전화가 관련이 있을 것 같다는 생각에 신경이 쓰이는 건 어쩔 수 없었다.

"주은아."

그때 엄마가 침묵을 깨고 입을 열었다. 주은은 몸을 일으켜 엄마의 뒷모습으로 시선을 돌렸다.

"네."

"혹시 엄마가 연구소에서 연구했던 거, 기억나? 그동안은 주은이를 위해 일을 쉬고 있었지만."

주은은 그 말을 듣자마자 엄마의 원래 직업을 떠올렸다. 엄마 말대로 엄마는 연구원이었다. 하지만 주은이 태어나자마자 주은을 위해 연구를 중단하고 있던 상태였다. 주은이 기억을 되살리는 동안 엄마는 말을 이었다.

"사실 다음 주부터 몇 달간 연구소로 복귀하게 되었어. 이번 연구가 인력이 많이 필요한 연구인가 봐. 미안해, 주은이 옆에서 도와주지 못해서. 그래도 학원 위치도 다 알고 먼 거리도 아니니까 스스로도 일정에 차질 없이 지낼 수 있지?"

엄마는 뒷거울로 주은을 바라보았고 주은은 반사적으로 고개를 끄덕였다.

"네. 할 수 있어요."

"그래. 이해해 줘서 고마워."

엄마는 마주 고개를 끄덕여 보인 뒤 다시 입을 열지 않았다. 침묵 속에서 집까지 달리는 동안 주은의 머릿속을 채운 건 정원에 대한 생각이었다. 그동안은 엄마의 차로 이동했기에 정원에 방문하지 못했지만 이제 시간이 날 때 정원에 방문할 수 있을 것이다. 주은은 벌써 정원의 모습이 눈앞에 펼쳐지는 듯했다. 주은은 진정으로 그곳을 그리워하고 있었다. 특히나 지금처럼 국어 학원과 같은 고민이 더 늘어난 시점에서는 더욱 정원에서의 휴식이 필요했다.

그러고 보니 정원에 가면 윤호가 있을 수도 있겠지. 걸쇠까지 채우고 정원에 들어가던 윤호의 모습이 떠올랐다. 곧 주은의 머릿속은 그 이유에 대한 궁금증으로 가득 찼다. 대답해 줄지는 모르겠지만 적어도 윤호에게 물어볼 수는 있을 것이다. 저번에 대답을 듣지 못했던 어느 학교에 다니는지에 대한 것도.

주은은 숨을 깊이 들이마셔 계획으로 가득 찬 머릿속을 진정시켰다. 그러는 동안 차는 아파트 주차장에 멈춰 섰고 주은은 정원에 갈 수 있다는 생각만으로도 가벼워진 마음으로 차에서 내렸다.

시간은 놀랍도록 빠르게 흘렀다. 며칠 후 주은은 엄마가 출근한 조용한 집에서 눈을 떴다. 주은은 집 안에서 맴도는 정적에 신기함을 느끼며 집을 나섰고 그날 하루 종일 눈앞에 어른거리는 정원의 모습을 떠올리며 보냈다. 민솔과 유미, 하린에게 국어 학원과 엄마에 대해 이야기했고 유미의 농담에 웃음을 터뜨렸으며 아이들이 문제집 두께에 감탄하는 것을 지켜보았다. 그러는 동안에도 머릿속에 맴도는 정원의 생각은 다른 생각을 모두 흐릿하게 만들 정도로 강했다. 주은은 하루 종일 아이들이 이상하게 여기지 않을 정도로만 미소를 띠고 있었다.

"엄마가 걱정되지는 않아? 위험한 연구일 수도 있잖아. 화학 물질에 직접적으로 닿는 연구일 수도 있고."

주은을 빤히 지켜보던 하린이 심각한 목소리로 물었다. 주은은 머릿속으로 하린의 질문을 곱씹으며 천천히 입을 열었다.

"음, 맞아, 당연히 걱정되기는 해. 근데 엄마가 그동안 했던 연구를 생각하면 엄마가 위험한 분야를 담당하고 있는 건 아닌 것 같아. 엄마는 항상 안전한 연구만 했거든. 그러니까, 생물에 대해 분석하는 그런 것 있잖아."

하린은 납득했다는 듯 고개를 끄덕였다. 주은은 엄마의 모습을 떠올렸다. 주은의 말은 사실이었다. 엄마는 하린이 말한 것 같은 위험한 실험은 하지 않을 것이다. 엄마의 전문 분야는 위험한 실험과 거리가 멀었으니까. 엄마는 안전할 거라는 그 믿음이 주은이 엄마 걱정을 하지 않고 정원을 떠올릴 수 있는 이유이기도 했다.

"그러니까 엄마는 괜찮으실 거야. 사실은 지금 나 자유로운 기분인데 너희가 생각하기에는 내가 이상한 것 같아?"

주은은 아이들을 바라보며 입을 열었다. 아이들은 하나같이 고개를 저었다.

"아냐. 나도 주은이 같은 상황이라면 좋을 것 같은걸. 크면서 집에 혼자 있는 게 좋아졌거든. 거울 보면서 춤 연습해도 뭐라 할 사람도 없잖아."

그렇게 말하는 유미의 얼굴에 웃음꽃이 피어났다. 주은은 유미에게 춤이란 주은에게 정원과 같은 마음의 안식처라는 것을 알았다. 물론 지금은 유미 역시 시간에 쫓겨 한동안 춤을 추지 못하고 있었지만.

"나도. 집에 나 말고 아무도 없는 시간이 조금이라도 있다면 좋긴 좋을 것 같아. 조용히 책도 읽을 수 있고."

"그건 나도 그래. 시간만 있다면 나도 집에서 하루라도 제대로 놀고 싶어. 친구들이랑 놀거나, 아니면 혼자서 하고 싶은 거 다 하고 먹고 싶은 거 다 먹으면서."

이어지는 아이들의 대답에 주은은 다들 역시 그동안 하고 싶은 일이 많았음에도 빡빡한 일정 때문에 참아 왔다는 것을 깨달았다. 그리고 주은에게는 하고 싶은 일을 잠깐이라도 할 수 있는 시간이 주어진 셈이었다.

주은은 자신을 걱정하고 있을 엄마에게는 미안했으나 학원을 완전히 빠지거나 하루 일과를 끝마치지 않는 게 아니라 잠시 동안만 정원에 방문하는 것이니 괜찮을 것이라고 되뇌었다. 애써 엄마에 대한 생각을 지워 버린 채 주은은 지금 앞에 놓인 정원을 방문할 기회에 집중하기로 했다.

나의 안식처

주은은 어깨로 파고드는 가방끈을 꽉 움켜쥔 채 달렸다. 한 시라도 지체할 시간이 없었다. 달리느라 이리저리 흔들리는 시계는 주은에게 다음 학원에 갈 때까지 남은 시간이 18분이라는 사실을 알려 주고 있었다. 그리고 그건 주은이 정원에서 보낼 수 있는 시간이기도 했다.

마침내 정원의 모습이 눈에 들어왔다. 주은은 숨을 고르며 철문을 어깨로 밀었다. 끼익 소리와 동시에 몰라보게 달라진 정원의 모습이 눈에 들어왔다.

주은은 눈을 휘둥그레 뜬 채로 거의 모습을 감춘 잡초와 중간중간에 피어 있는 아기자기한 들꽃을 바라보았다. 그리고 그 가운데에는 검은 길고양이가 앉아 플라스틱 그릇 속 물을 홀짝이고 있었다.

"오늘도 왔구나?"

손을 뻗어 고양이를 쓰다듬었다. 살짝 뻣뻣하긴 했지만 고양이의 털은 생각보다 부드러웠다. 주은은 가만히 고양이 발언저리에 놓인 플라스틱 그릇을 바라보았다. 윤호가 갖다 놓았을, 전과 같은 그릇이었다.

"걔도 왔다 갔구나."

주은은 중얼거리며 윤호를 떠올렸다. 아마 잡초가 사라지고 들꽃이 피어난 것도 모두 윤호 덕일 터였다. 그리고 주은은 그런 윤호에게 하고픈 질문이 있었다.

"안녕."

이제 앞발로 얼굴을 문지르는 고양이를 지켜보던 주은의 등 뒤에서 목소리가 들려왔다. 주은은 뒤를 돌아보았다. 주은보다 훨씬 느긋해 보이는 얼굴이 눈에 들어왔다. 그 얼굴을 보자 전에 정원으로 급박하게 숨어들던 사람이 맞는지 의문이 들었다.

"내가 보기에도 몰라보게 달라졌다니까."

주은의 침묵에도 아랑곳하지 않고 윤호는 정원을 천천히 둘러보았다. 주은은 지금이 질문을 하기에 정확한 때라는 걸 알았지만 막상 입을 열려고 하니 입이 떨어지지 않았다. 그런 질문들을 하기에는 만난 지 얼마 되지도 않았다는 생각이 들었기에 망설여졌다.

"그렇네. 정말 대단하다."

주은이 할 수 있던 건 이 말뿐이었다. 고양이는 어느새 주은의 손에서 벗어나 윤호 근처에서 맴돌고 있었다. 윤호는 쪼그려 앉아 고양이에 눈을 고정했다.

"5년 동안 여기 왔다더니 그날 이후로 한 번도 안 오던데?"

윤호가 그 말을 하고 몇 초쯤 지나서야 주은은 그게 자신을 향한 말이라는 걸 알았다. 주은은 잠시 뜸을 들이다 입을 열었다.

"학원 일정 때문에."

"그렇구나. 난 여길 버린 줄 알았지. 너무 멋진 곳인데."

"솔직히 잡초 많을 때는 좀 황폐한 곳이었어."

"지금은 멋진 곳이지."

주은은 인정하지 않을 수 없었다. 무성한 잡초가 제거된 정원은 진짜 '정원' 같았다. 주은이 알고 있던 과거의 정원은 이제 이곳에서 찾아볼 수 없었다.

"앞으로는 더 멋져질 예정이야. 집에 있는 씨앗을 심을까 생각 중이거든."

능숙하게 고양이를 쓰다듬던 윤호는 몸을 일으켜 발 근처의 들꽃을 내려다보았다. 주은은 들꽃을 바라보는 대신 윤호가 말하던 더욱 멋져질 정원의 모습을 상상했다.

"나도 할래. 나도 옛날부터 예쁘게 가꿔 보고 싶었어."

주은은 무의식중에 그 말을 내뱉었다가 깜짝 놀랐다. 엄마가 언제 연구를 마무리하고 일상으로 돌아올지 모르는 상황에서 덥석 윤호를 돕겠다고 나서다니. 말도 안 되는 일이었다. 마지막으로 이렇게 적극적으로 참여한 활동이 뭐였는지 기억이 가물가물했다.

"조수가 생기면 나야 좋지."

주은은 윤호의 말에 헛웃음을 지으며 시계를 내려다보았다. 정원에 들어오고 10분이 지나 있었다. 주은은 가방끈을 붙잡은 채 걸음을 옮겼다. 이제 정원을 떠날 시간이었다. 하지만 한동안은 다시 돌아올 수 있을 것이다.

"꼭 와야 한다. 내가 혼자 하기에는 너무 넓다고."

뒤에서 윤호의 목소리가 들려오자 주은은 고개를 끄덕이며 정원에서 멀어져 갔다. 오늘은 하루가 그다지 힘들게 느껴지지 않았다. 심지어 윤호 덕에 더 아름다워진 정원을 보는 것만으로도 주은의 마음은 한층 가벼워졌다.

주은은 수업 시작을 고작 몇 분 남겨 두고 영어 학원의 교실에 도착했다. 간발의 차로 지각은 면했지만 조금만 늦었으면 지각했을 시간이었다. 주은은 마음을 단단히 다잡았다. 엄마가 없다고 해서 일정이 정원에 방문하기 쉽게 바뀌는 게 아니었으니 주은 스스로가 시간을 잘 조절해야 했다. 사실상 다른 학원들 사이의 간격은 너무 짧으니 주은에게는 20분밖에 시간이 없는 셈이었다. 수학 학원이 끝나고 다음 학원인 영어 학원으로 들어가기까지 20분. 집과 학원이 별로 멀지 않아 서두를 필요는 없었지만 그래도 철저한 관리가 필요했다.

주은은 영어 학원을 마친 뒤 처음으로 걸어서 학원에서 학원으로 이동하며 그동안은 차를 타고 지나치기만 했던 상점가를 둘러보았다. 상점가인 만큼 버스 정류장이나 주차장, 대형 마트 같은 대중시설이 빼곡하게 자리하고 있었다. 마음 같아서는 가까이 다가가 살펴보고 싶었지만 주은에게 주어진 시간은 5분뿐인 데다가 다음 학원은 학원들 중 가장 거리가 있는 국어 학원이었기에 주은은 애써 발걸음을 뗐다.

빠른 걸음으로 걷던 주은이 교실에 도착했을 때는 거의 모든 아이들이 자리를 잡고 앉은 뒤였다. 주은이 자리로 가자마자 선생님이 들어왔기에 주은은 깜짝 놀랄 수밖에 없었다. 이번에도 아슬아슬한 시간에 도착했다.

주은은 문제집을 펼쳤다. 어제 집에서 푼 덕분에 문제는

다 풀려 있었지만 이번 수업은 제대로 이해할 수 있을지 의문이었다. 주은은 연필을 꼭 쥔 채 눈을 부릅뜨고 선생님을 바라보았다.

조용히 수업 시작을 알린 선생님은 거침없는 속도로 설명하기 시작했다. 분명 마음을 다잡은 뒤였으나 수업이 끝날 때쯤 주은의 마음은 착 가라앉아 있었다. 선생님의 속도를 따라잡기까지는 아마 훨씬 오랜 시간이 필요할 것 같았다.

주은은 아이들이 우르르 나갈 때까지 기다렸다가 교실을 나섰다. 참으려고 노력해도 한숨이 터져 나오는 상황이었다. 다른 학원들 숙제와 강의도 남아 있는데 국어 학원 문제까지 풀어야 한다니, 이렇게 빡빡한 일정을 자신이 얼마나 견딜 수 있을까 싶었다.

"안녕."

그때 뒤에서 목소리가 들려왔다. 주은은 뒤를 돌아보았다. 국어 선생님이었다. 선생님은 수업을 진행할 때와 달리 느긋한 목소리였다.

"며칠 전에 새로 들어온 학생이지? 처음이라 많이 힘들지. 아직 들어온 지 얼마 안 됐으니까 적응이 안 된 것뿐이야. 조금만 시간이 지나면 괜찮아질 거야."

선생님은 주은의 멀뚱멀뚱한 시선에도 신경 쓰지 않고 말을 이어 나갔다.

"우리 반에 처음 들어온 아이들은 다 힘들어해서 하는 말이야. 다른 아이들처럼 너도 해낼 수 있어. 그럼 안녕. 바쁠 텐데 어서 가 봐."

주은은 엉거주춤 인사를 하고 선생님을 뒤로하고 걸음을 옮겼다. 다른 아이들도, 선생님의 빠른 설명을 척척 따라가는 그 아이들도 처음에는 주은과 같았을 거라고 생각하니 믿기 힘들었지만 주은은 선생님의 말에 조금 힘을 얻었다.

시계를 힐끗 보고 부리나케 계단을 달려 내려갔다. 과학 학원에 늦을 수도 있는 상황이었다. 시간은 주은을 기다려 주지 않았다. 주은은 달리면서 선생님의 말을 곱씹었다. 그래, 할 수 있을 것이다. 시간은 촉박해졌지만 더는 회의감이 들지 않으니 잘된 일이었다.

주은은 텅 빈 집에서 홀로 방에 앉아 국어 문제집을 바라보았다. 시계는 어느새 11시를 가리키고 있었다.

엄마가 없었지만 주은은 달려서, 혹은 빠른 걸음으로 걸어서 모든 학원의 지각을 면하고 마찬가지로 빠른 걸음으로 집에 들어온 참이었다. 한가득 쌓여 있는 해야 할 일들을 떠올리면 느긋하게 걸을 수가 없었다. 주은은 집에 부모님이 있을 거라고 생각했지만 부모님은 없었다. 아빠는 점점 야근이 잦아지는 중이고 엄마는 연구가 오랜 시간이 걸리는 모양이었다.

"무슨 소리인지 하나도 모르겠네."

책을 덮는 소리가 고요한 집을 울렸다. 주은은 국어 문제집을 가방에 대충 집어넣고 인터넷 강의 문제집들을 펼쳤다. 국어 문제집은 학교에 가서 아이들에게 답을 물어보면 될 것이다. 그들은 주은처럼, 어쩌면 주은보다 더 열심히 공부하고 있을 아이들이니까.

비밀번호를 누르는 소리가 들린 것은 그때였다. 주은은 현관문에서 울려 퍼지는 삑삑 소리에 의자에서 몸을 일으켜 거실로 나갔다. 문을 열고 들어온 사람은 엄마였다. 엄마는 지친 얼굴로 한 손에 종이가방을 쥔 채 현관문을 닫았다.

"어, 주은이 나와 있었네. 엄마 없이 괜찮았어?"

"네, 괜찮았어요."

"다행이다. 학원 늦지는 않았지?"

"네."

"그렇구나. 엄마는 시간이 너무 없을까 걱정했는데. 아, 맞다."

엄마는 손에 들고 있던 가방에서 뭔가를 꺼내 주은에게 내

밀었다. 엄마의 손에는 반짝이는 전화기가 들려 있었다.

"주은이한테도 전화기가 필요할 것 같아서. 엄마가 다시 연구소로 복귀했으니까 연락할 경우가 생기면 엄마나 아빠한테 전화해."

주은은 엉겁결에 전화기를 받아 들었다. 반짝이는 화면이 낯설기만 했다. 그동안 다른 아이들이 최신 스마트폰을 자랑하듯 들고 다니는 걸 지켜보기만 했을 뿐 직접 가져본 적은 한 번도 없으니 당연할지도 몰랐다.

"혹시 몰라서 학원 선생님들 전화번호도 추가해 놨어."

"네."

주은은 발걸음을 돌려 방으로 들어왔다. 책상에 앉아 전화기를 살펴보았지만 전화와 메시지 같은 연락 용도로만 사용할 수 있는 것 같았다. 물론 주은은 연락처 추가나 인터넷 사용 방법 같은 것은 하나도 모르고 있었다. 아마 쓰다 보면 익숙해질 수 있겠지.

주은은 전화기를 빤히 들여다보며 전화기의 무게를 느껴보았지만 그렇다고 해서 딱히 기쁘다거나 하는 기분이 들지는 않았다. 주은은 그대로 전화기를 책상에 엎어 놓고 다시 문제집을 들여다보았다.

다음 날 아침 집을 나서 학교로 가는 동안 주은은 거의 다 풀지 못한 국어 문제집을 생각해 냈다. 주은은 교실에 들어서 자마자 아이들에게 문제집을 보여 주었다. 하지만 아이들은 눈썹을 찌푸린 채 도통 모르겠다는 표정을 지었다.

"국어 학원 다니기는 다니는데 이거랑 문제집이 달라서 모르겠어. 학원에 있는 다른 애들한테도 물어보는 게 어때?"

"응, 나도. 이런 문제 유형은 본 적이 없어서."

"너무 어려운 거 푸는 거 아냐?"

이어지는 아이들의 말에 주은은 유일한 희망이 사라져 버리는 것만 같았다. 국어 학원에서 마음 놓고 물어볼 수 있는 아이들이 없으니 주은이 이 문제들을 푼다는 건 불가능에 가까웠다. 선생님은 따로 숙제라고 말하지는 않았지만 문제집 검사를 할지도 몰랐다.

"미안해. 도저히 모르겠어."

"아냐. 고마워."

주은은 문제집을 가방에 밀어 넣고 애써 웃음 지었다. 머릿속이 복잡했다. 한 번도 접하지 못한 상황이었다. 주은은 물론 다른 아이들도 모르는 문제를 접하다니.

선생님은 분명 주은에게 다른 아이들처럼 주은도 할 수 있다고 했다. 그리고 주은도 그 말을 믿었다. 그러나 지금 주은은 그 믿음이 사라져 버리는 것 같았다. 어쩌면 잠깐이라도 자신이 할 수 있다고 느낀 게 어리석은 생각이었을지도 몰랐다.

주은은 자꾸만 새어 나오는 한숨을 억눌렀다. 정원에 간다면 기분이 나아질 수도 있었다. 윤호와 약속하기도 했고. 주은은 걱정을 감춰 버리듯 문제집을 넣은 가방의 지퍼를 잠갔다. 정원은 주은이 힘들 때 주은을 도와줬으니 이번에도 다르지 않을 것이다.

"진짜 왔네."

따갑게 내리쬐는 햇빛을 피하려고 모자를 눌러쓴 윤호가 주은을 바라보았다. 한여름에 접어들며 부쩍 길어진 해 때문이었다. 주은은 침울한 표정으로 고개를 끄덕였다. 모자라도 쓰고 올 걸 후회가 되었다. 안 그래도 기분이 울적한데 햇빛까지 합세하니 인상이 절로 찌푸려졌다. 정원의 모습을 봐도 주은의 복잡한 마음은 나아지지 않았다.

"지금 땅 고르고 있는데 잡초를 없애기는 했지만 오랫동안 방치돼서 상태가 너무 안 좋아. 아, 그리고 이리저리 돌아다니면 안 되니까 고양이 좀 내보내 줘."

윤호가 가리킨 곳에는 검은 고양이가 들꽃을 내려다보고

있었다. 주은은 여전히 아무 대답도 하지 않은 채 고개를 끄덕이고 고양이에게로 다가갔다. 윤호가 그런 주은을 빤히 바라보더니 몸을 일으켰다.

"기분이 안 좋아 보인다."

"내가?"

반사적으로 말한 뒤 주은은 부드럽고 작은 고양이를 안아 올렸다. 시계를 보니 아직 시간은 충분했다. 주은이 고양이를 정원 밖으로 내보내는 동안 윤호는 뒤에서 주은을 뚫어져라 바라보고만 있었다.

"평소에도 좀 그랬지만 오늘은 특히 더."

"학원 때문에 그럴 거야."

"무슨 학원?"

"국어 학원. 못 푼 문제가 쌓여 있는데 애들도 모른대."

주은은 지금 자신의 상황을 털어놓고 나서야 주은에게 필요한 건 지금 심정을 털어놓을 상대였다는 것을 깨달았다. 민솔과 유미, 하린에게 말하기는 했지만 그들에게 말한 건 자신이 처한 상황이지 지금 느끼는 심정이 아니었다.

"얼마나 어렵길래? 나도 볼래. 국어는 좋아해서 어떤 문제인지 보고 싶어."

윤호의 말에 주은은 가방을 뒤져 문제집을 꺼냈다. 못 푼 문제가 수두룩한 쪽을 펼쳐 윤호에게 건네자 윤호는 모자가 만든 그늘 아래로 책을 훑어보았다.

"쉬운데? 그냥 중심 문장 찾고 인과관계 같은 거 찾으면 되잖아. 문장을 어렵게 써 놔서 그렇지 계속 들여다보면 알 수 있어."

윤호는 손가락으로 문장 하나를 가리켰다. 주은은 실눈을 뜨고 그 문장을 바라보다가 머릿속에서 탁 소리가 나는 것을 느끼며 눈을 크게 떴다. 주은이 몇 시간 동안 헤매던 질문의 답이 그곳에 적혀 있었다. 윤호는 뿌듯한 듯 고개를 끄덕였다.

"대충 이해한 것 같네. 역시 국어는 재밌다니까."

주은은 윤호를 칭찬이라도 하고 싶은 심정이었다. 그동안 윤호는 다시 주은이 사진 속에서나 보던 도구들로 땅을 고르고 있었다. 주은은 시계를 힐긋 보았지만 아직 시간은 남아 있었다. 윤호가 설명한 방식대로라면 이 문제들은 짧은 시간 안에 모두 풀 수 있을 터였다. 주은은 문제집을 가방에 밀어 넣고 자리를 잡고 쪼그려 앉아 큰 돌들을 골라내기 시작했다. 돌들을 거의 골라내고 주은이 떠나야 할 시간이라는 걸 깨달았을 때는 윤호 역시 일어난 뒤였다.

"물어볼 거 있으면 또 물어봐. 국어는 내 전문이니까."

주은은 자신만만하게 말하는 윤호를 뒤로하고 정원을 나섰다. 주은이 아까 내보낸 고양이가 다시 정원으로 뛰어 들어 갔다. 그리고 보니 저렇게 넓은 정원에서 발에 밟히던 돌이나 자갈들이 모두 사라졌는데, 윤호는 얼마나 오랫동안 이 일을 하고 있었던 걸까. 하지만 그 의문은 주은의 머릿속에서 사라졌다. 지금 속도로 보아 윤호가 놀랄 만큼 빠르게 했을 것이다. 주은은 그렇게 결론 내린 채 가벼운 발걸음으로 아름다워질 준비를 마친 정원에서 멀어져 갔다.

그 꽃의 꽃말은

"8월에 심기 좋은 꽃으로는 달맞이꽃이 있어."

윤호가 삽으로 땅을 파며 말했다. 그 옆에서 주은 역시 삽으로 땅을 파고는 있었지만 거의 기계적으로 움직이는 윤호의 속도에는 한참 못 미쳤다.

"달맞이꽃은 유래도 있다고 해. 그것까지는 찾아보지 못했지만."

"그렇구나."

"근데 할머니 집에는 튤립 씨앗밖에 없더라고. 튤립은 심는 시기가 다르지만 잘 보살펴 주면 자랄 수도 있어."

"너희 집에는 씨앗 없어?"

주은이 손목을 빙빙 돌리며 아무 생각 없이 묻자 윤호는 애매모호하게 대답을 얼버무리더니 빠르게 말을 이었다.

"튤립은 색에 따라 꽃말이 다른데 내가 제일 좋아하는 건 노란색 튤립이야. 희망이라는 꽃말을 가지고 있거든. 사실 여러 뜻이 있는데 요즘은 모두 희망이란 뜻을 쓰는 모양이더라고. 제일 좋게 들리기도 하고. 다른 뜻은 다 헛된 사랑, 짝사랑인데 너무 슬프잖아."

"응."

"그리고 또……."

지잉, 주은은 자신의 주머니에서 울리는 소리에 화들짝 놀라 벌떡 일어났다. 그러고 보니 전화기의 존재를 잊고 있었다. 지난 며칠 동안 정원을 가꾸고 엄마 없는 일정에 익숙해지고 국어 문제집에 대해서는 윤호에게 조언을 얻느라 눈코 뜰 새 없이 바빴기 때문일 것이다. 윤호 덕분에 문제는 다 풀 수 있었지만 아직 선생님의 빠른 수업 진행 속도를 따라잡지는 못했다. 주은은 그 사실을 떠올릴 때마다 한숨이 나왔지만 어쩔 수 없었다. 문제를 다 푼다는 것도 윤호의 도움 없이는 힘들 테니까.

화면에 적힌 글자는 '엄마'였다. 엄마에게 전화가 오기는 처음이었다. 주은은 한참을 허둥대다가 마침내 통화 버튼을 누르고 전화기를 귀에 가져다 댔다.

"여보세요?"

"주은아, 지금 학원이야? 아니면 가는 중이야?"

전화기 너머로 엄마의 목소리가 들려왔다. 주은은 둘 중 어느 쪽도 아니라고 답할 수 없어 가는 중이라고 중얼거렸다. 엄마는 주은의 대답을 듣자마자 다시 입을 열었다.

"국어 학원에서 연락이 왔어. 국어 학원 심화 수업 같은 걸 진행할 예정인데, 하고 싶은 사람은 등록하면 된대. 30분 정도밖에 안 된다는데 주은이는 하고 싶어?"

주은은 숨이 턱 막히는 것 같았다. 지금도 꽉꽉 채워진 일정에서 더욱 할 일이 늘어난다는 건 상상도 못한 일이었다.

"엄마는 좋은 경험일 것 같은데. 국어 학원 처음 등록했으니까 이런 반에서 공부해 보는 것도 나쁘지 않다고 생각해."

"…… 네."

강력히 반대하고 싶었으나 주은은 여느 때와 다름없이 힘없이 대답할 수밖에 없었다. 하지 않겠다고 한다 해도 엄마는 주은이 해야 하는 이유를 하나하나 들어 가며 주은을 설득할 것이다.

"그래, 그러면 학원 잘 가고. 강의도 잘 듣고. 심화 수업 일정은 안내받으면 다시 말해 줄게. 엄마는 마저 근무하러 가 볼게."

달칵, 소리와 함께 통화가 끊겼다. 주은은 더 이상 아무런 소리도 내지 않는 전화기를 주머니에 집어넣고 멍하니 땅을 바라보았다. 구석에 웅크려 있던 고양이가 다가와 애처롭게 울었다. 주은은 고양이를 쓰다듬어 준 뒤 가방끈을 잡은 채 정원 문을 향하여 발걸음을 뗐다.

"가는 거야? 갈 거면 가라. 지금 가면 튤립 꽃말이 뭔지 평생 모를걸."

주은은 토라진 윤호의 목소리를 듣고 뒤를 돌아보았다. 자신을 향해 있는 윤호의 눈이 보였다. 그 눈을 바라보자 도저히 발걸음을 뗄 수 있을 것 같지 않았다.

갈팡질팡하는 주은의 다리에 부드러운 감촉이 느껴졌다. 주은이 밑을 내려다보자 동그란 고양이의 눈과 주은의 눈이 마주쳤다. 고양이가 너무 작아 거의 들리지도 않는 소리로 야옹거렸다. 그 순간 주은은 마음을 정하고 전화기를 꺼내 들었고, 한참 화면을 들여다본 후에야 '연락처'라는 글씨를 발견할 수 있었다. 연락처를 누르자 '영어 선생님'이라고 저장되어 있는 전화번호가 보였다.

주은은 심호흡을 몇 번 정도 한 뒤 통화 버튼을 눌렀다. 연결되었다는 소리가 날 때까지 초조하게 기다렸다.

"여보세요?"

마침내 달칵 소리가 나고 익숙한 영어 선생님의 목소리가 들려왔을 때 주은은 대비를 했음에도 불구하고 심장이 철렁 내려앉을 수밖에 없었다. 지금 자신이 할 말이 거짓말이라는 걸 영어 선생님이 알아차릴 것만 같았다.

"안녕하세요, 선생님. 저 주은이에요."

"주은이? 무슨 일이야? 수업 시작까지 얼마 안 남았는데. 교실에서도 안 보이고."

"죄송해요. 오늘 좀 늦을 것 같아요. 이전 학원에서 보충수업 하느라 이제 마쳤어요."

"아, 그래? 얼마나 걸려?"

"10분 정도요. 금방 갈게요."

"그래. 그럼 알았어."

"네."

또다시 달칵, 소리가 나자 주은은 쿵쿵 뛰는 심장을 느끼며 전화기를 주머니에 집어넣었다. 영어 선생님의 말투로 봐서는 주은의 거짓말을 알아채지 못한 것 같았지만 주은이 번 시간은 고작해야 10분이었다. 너무 심한 거짓말이라고 생각됐기에 도저히 수업을 통으로 빠진다고는 할 수 없었다. 혹시라도 그런다면 영어 선생님이 엄마에게 전화할지도 몰랐다.

"10분 동안 색깔별로 다 설명할 수 있겠어?"

주은이 고양이를 쓰다듬으며 물었다. 윤호는 삽을 집어 들어 어색하게 땅을 파기 시작하는 주은 옆에서 엄청난 속도로 땅을 파면서 문제없다는 듯 엄지손가락을 치켜세웠다.

주은이 학원에 도착했을 때 반에서는 수업이 한창이었다. 주은은 조용히 자신의 자리로 가 앉았지만 아이들의 시선까지는 피할 수 없었다.

"어, 왔구나, 주은이."

선생님이 주은의 책상으로 다가왔다. 주은은 꾸벅 인사를 하면서도 쿵쿵거리는 심장이 생생히 느껴졌다. 자신의 거짓말이 들키지 않기만을 바랐으나 선생님이 주은의 심장 소리를 듣는다면 그건 불가능할 것 같았다.

"주은이, 요즘 도착하는 시간이 예전보다 늦어진 것 같아. 예전에는 수업 시작하기 한참 전에 자리에 앉아 있고 그랬는데 요즘은 몇 분 남았을 때 들어오고. 무슨 일 생긴 거야?"

오늘 10분 늦은 것에 대해서 하신 말씀은 아니었지만 주은의 심장은 더욱 거세게 뛰기 시작했다. 걸어서 학원으로 이동하게 되어 도착 시간이 부쩍 늦어진 건 맞았다. 하지만 그것만이 아니라 정원에 방문하는 것도 이유에 포함되었기에 솔직히 말할 수가 없었다.

"아니요. 아무 일 없어요."

간신히 대답한 뒤 주은은 영어 선생님의 시선을 슬슬 피했다. 혹시 영어 선생님이 주은이 요즘 예전보다 늦게 도착한다는 사실을 엄마한테 말하는 건 아닐까? 생각만 해도 온몸이 얼어붙는 기분이었다.

"그렇구나. 그러면 무슨 일 생기면 선생님한테 말해. 선생님이 다 들어 줄게."

주은은 선생님의 말에 고개만 끄덕이고 문제집을 펼쳤다. 문제들을 뚫어져라 들여다보고 있음에도 불구하고 마음은 쉽사리 진정되지 않았다. 이런 일이 일어날 걸 알았다면 주은은 영어 선생님에게 전화하지 않았을 것이다. 아예 정원에 갈 엄두조차 내지 못했을지도 몰랐다. 주은은 입술을 앙다물었다. 일어난 일은 돌이킬 수 없으니 후회만 하고 있을 수는 없었다. 지금으로서는 주은이 할 수 있는 일이 없으니 더 이상 오늘과 같은 일이 없게 하면 될 것이다. 정원에 머무르는 시간도 줄여야 할 것 같았다. 생각만 해도 얼굴이 찌푸려졌지만.

그러나 동시에 주은은 정원에 머무는 시간을 줄여야 한다는 것이 자신의 가장 큰 걱정거리가 아니라는 것을 알았다. 주은의 가장 큰 걱정거리는 엄마가 모든 진실을 알게 되는 거였다. 엄마의 실망도 두려웠지만 일정이 더욱 늘어나면 어쩌나 하는 공포가 마음 한구석에서 떠나가질 않고 있었다.

주은은 입술을 잘근거리며 연필로 문제집에 그림을 끼적였다. 교과서나 문제집에 낙서를 자주 하는 편이 아니었지만 가끔씩 마음이 진정되지 않을 때는 그렇게 스스로를 달래고는 했다. 주은은 몇 초 정도 그림을 그린 후 연필을 내려놓았다. 튤립 그림이었다. 색연필이 있었다면 아마 노란색으로 색칠했을 것이다.

희망이라는 꽃말을 가지고 있거든.

그 그림을 그린 건 윤호가 말해 준 노란색 튤립의 꽃말 때문이었다. 주은은 희망을 가지고 싶었다. 제발 자신이 걱정하는 일들이 벌어지지 않도록.

"도와줘."

주은은 튤립 그림을 향해 조용히 속삭였다.

자정에 가까운 시각이었다. 주은은 집에 도착해 한 시간이 넘는 시간 동안 공부하는 중이었다. 아빠는 오랜만에 일찍 퇴근해 주은보다 먼저 집에 도착해 있었다. 주은은 아빠가 던지는 농담에 웃어 보려고 했지만 여전히 가득 찬 걱정거리 때문에 초조한 웃음만 나왔다.

주은이 문제집에 온 신경을 집중하려고 애쓰고 있을 때 현관문이 덜컥 열리는 소리가 들렸다. 주은은 반사적으로 자리에서 일어나 엄마가 집 안으로 들어오는 소리에 귀를 기울였다. 엄마의 발소리는 주은의 방으로 다가오는 듯 점점 커졌다. 주은은 원인을 알 수 없는 불안감으로 심장이 평소보다 훨씬 강하고 빠르게 뛰는 것을 느낄 수 있었다. 오늘만 해도 그런 심장박동을 느끼는 게 벌써 여러 번째였다.

주은은 문틈 너머로 보이는 엄마의 그림자를 바라보았다. 곧 노크 소리가 들려왔고 주은은 방문을 열어 엄마를 마주했다.

"주은아."

주은이 입을 열기도 전에 엄마가 먼저 입을 열었다. 엄마의 표정은 읽을 수가 없었다. 주은은 고개를 끄덕였다.

"네."

"요즘 영어 학원 늦는다던데, 진짜니?"

거세게 뛰던 심장이 이번에는 확, 내려앉아 버렸다. 주은이 우려하던 일이 벌어진 게 틀림없었다. 영어 선생님이 엄마에게 모든 것을 다 말한 것이다. 주은이 요즘 평소보다 늦는다는 것, 오늘 학원을 핑계로 10분 늦게 온 것까지. 주은은 자신을 향한 엄마의 눈빛을 느끼며 간신히 입을 뗐다.

"네. 이제 학원에 걸어서 가야 하니까……."

"오늘 수학 학원에서 보충수업 하느라 10분 늦었다고 전해 들었는데 그것도 진짜니?"

주은은 점점 숨이 턱턱 막히는 기분이었지만 애써 말을 이었다.

"네. 못 푼 문제가 좀 있어서 설명 듣고 왔어요."

주은은 그 말을 하면서도 자신이 그런 말을 하고 있다는 것이 믿기지 않았다. 그동안 엄마에게 거짓말을 해 본 적은 별로 없었다. 되짚어 보니 주은이 거짓말을 한 이유는 하나같이 정원에 가기 위해서였다.

"그렇구나."

엄마는 고개를 천천히 끄덕였지만 주은은 엄마가 정말 자신을 믿고 있는 건지 알 수 없었다.

"엄마는 주은이가 그러지 않을 거라는 걸 알고 있지만…… 혹시나 주은이가 다른 길로 빠진 건 아닐까 걱정했어. 그런 건 아니라는 거지, 그렇지?"

엄마의 눈빛에 주은은 이번에는 입을 열지도 못한 채로 고개만 끄덕였다. 엄마는 여전히 주은을 바라보고 있었다.

"엄마 일은 곧 있으면 끝날 것 같아. 아마 여름방학이 시작될 때쯤에는 다시 일상으로 돌아올 수 있을 거야. 그때까지 주은이 혼자서도 잘 지내길 바라.”

“네.”

주은이 한 마지막 대답은 너무나 작아 엄마에게 들렸을지
도 의문이었지만 엄마는 고개를 끄덕이고 방에서 조용히 나
갔다. 닫힌 방문 너머로 부모님의 목소리가 들려왔다. 주은
은 무슨 대화인지 알 것 같으면서도 방문 너머 대화에 귀를
기울였다.

“주은이가 요즘 학원에 늦는대. 혹시 몰라서 학원 선생님들
한테 연락해 뒀어. 주은이가 또 늦으면 말해 달라고.”

“애가 걸어가니까 늦을 수도 있는 건데…… 너무 압박하는
거 아닐까 싶은데.”

“오늘은 수업 시작된 후로 10분이나 늦었대. 학원 보충수업
때문이라고 하는데, 수학 선생님 말로는 보충수업이 없었대.
무슨 일이라도 있는 건 아닐지 너무 걱정돼.”

주은은 일렁이는 커튼에 반쯤 가려진 창문 너머를 바라보
았다. 그 너머에는 정원이 자리하고 있을 것이다. 하지만 주
은은 이제 정원에 가지 못할 것임을 알고 있었다. 또 학원에
늦게 도착한다면 그때는 정말 모든 것을 밝혀야 할지도 몰
랐다.

주은은 무심코 내려다본 문제집에서 튤립 그림을 발견했

다. 검지손가락으로 튤립 그림을 어루만졌다. 윤호는 노란 튤립과 다른 다채로운 꽃들로 정원을 한껏 아름답게 꾸밀 것이다. 분명히 그럴 것이다. 그동안 지켜본 윤호는 솜씨 좋은 정원사니까. 하지만 주은은 정원이 아름다워지는 과정을 함께하며 지켜볼 수 없게 되었다.

　희망. 노란 튤립, 그 꽃의 꽃말은 희망이라고 했다. 이제 주은의 손에 얹혀 있던 노란 튤립 꽃잎은 바람에 실려 가 버렸다. 아마 주은의 손을 떠난 그 꽃잎은 다시는 돌아오지 않을 것이다.

07

윤호

"요즘 얼굴이 안 좋아 보여."

주은을 걱정스레 지켜보던 하린이 건넨 말이었다. 그 말에 주은은 하린을 향해 눈길을 돌렸다. 주은의 손 아래에는 언제나 그랬듯이 문제집이 놓여 있었다. 국어 문제집이었다. 그 안은 윤호의 조언 없이는 풀 수 없는 문제들로 가득했다.

"며칠 전부터 다크서클도 짙어진 것 같고."

"듣고 보니 그렇네. 어디 아픈 거야?"

"어떡해, 얼굴이 완전 창백하잖아."

아이들의 말에 주은은 힘없이 고개를 저었다.

"난 괜찮아. 그냥 요즘 좀 피곤해서 그래. 신경 쓰지 마."

아이들은 주은에게 진심으로 걱정 어린 시선을 보내고 있었지만 주은은 애써 눈길을 돌렸다.

일주일이 넘는 시간 동안 주은은 정원을 향한 발길을 끊었다. 그 덕분에 학원에 도착하는 시간은 엄마가 차로 태워 줄 때와 비슷하게 되었고 학원 선생님도 더 이상 아무런 말도 하지 않았으나 주은의 얼굴에서는 웃음기를 찾아볼 수 없게 되었다. 일상은 아무런 변화도 없었고 오히려 정원에 가지 못해 더욱 어둡게 느껴질 뿐이었다. 정원이 사라지자 주은은 더 이상 어디에서 힘을 얻어야 할지 알 수 없었다. 그러다 보니 항상 침울한 얼굴로 다니는 것도, 밤에 내일을 견뎌 낼 걱정으로 쉽사리 잠이 들지 못하는 것도 당연한 일이었다.

"엄청 신경 쓰여. 지난 몇 주 동안은 얼굴도 많이 좋아진 것 같았는데 며칠 사이에 다시 전으로 돌아가 버렸잖아."

유미가 심각한 목소리로 말하자 주은은 쓴웃음을 지었다. 들고 있던 연필이 손에서 툭 떨어졌다. 주은은 아이들에게 다 털어놓고 싶은 심정이었지만 입이 틀어막힌 듯 아무 말도 할 수 없었다. 마음속에 자리한 덩어리는 점점 커지고 있는데 그걸 밖으로 내보내지 못하는 자신이 너무나도 답답했다.

"난 괜찮아. 정말로."

모두 털어놓는 대신 주은이 꺼낸 말은 그것뿐이었다.

창문 너머에는 어두컴컴한 밤하늘밖에 보이지 않았다. 별빛 하나 없는 어둑한 밤하늘에 묻혀 정원은 형체도 찾아볼 수 없었다. 주은은 창문을 닫고 커튼으로 창문을 빈틈없이 가렸다. 이제 돌아가지 못할 곳을 바라봐 봤자 그리움만 커질 것임을 알고 있었다.

책상으로 돌아와 앉은 주은의 귀에 방문 밖에서 아빠가 틀어 놓은 TV 소리가 흘러들어 왔다. 요즘 아빠는 한 번도 야근을 하지 않았지만 부모님이 동시에 주은이 오기 전에 집에 와 있는 경우는 드물었다. 엄마가 주은이 집에 도착한 후 짧게는 한 시간, 길게는 몇 시간이나 후에 집에 들어오기 때문이었다.

주은은 컴퓨터에 조그만 글씨로 쓰여 있는 시간을 바라보았다. 11시 30분이었다. 오늘도 몇 시간 후에야 할 일을 끝내고 잠들 수 있을 것이다. 그마저도 마음을 짓누르는 덩어리 때문에 한참 동안 뒤척인 뒤 잠들겠지만.

주은이 다시 강의 선생님의 설명을 듣고 있을 때 현관문이 덜컹거리며 열렸다. 주은은 미동도 하지 않고 화면만 바라보았다. 요즘 주은은 엄마와 별다른 말을 하지 않았다. 정확히는 주은이 정원으로 향하는 발길을 끊고 국어 심화 수업을 듣기 시작한 이후부터였다. 엄마와 대화를 나눌 기력이 없었다. 국어 심화 수업을 담당하는 선생님은 중1반 선생님과 다른 선생님이었는데 설명하는 속도가 훨씬 느려서 오히려 쉽게 느껴졌다. 도중에 글쓰기나 창의 활동도 하는 편이라 더욱 그랬다. 주은에게는 다행스러운 일이었다. 심화 수업마저 속도를 따라잡을 수 없다면 그땐 정말 견디기 힘들 테니까 말이다.

주은은 여전히 컴퓨터 화면을 뚫어져라 응시하며 엄마의 발소리가 들려오길 기다렸다. 그러나 엄마는 주은의 방으로 다가오는 대신 스프링이 삐걱거리는 소리로 미루어 거실 소파에 앉은 것 같았다. 곧 엄마의 목소리가 희미하게 들려왔다.

"오늘 엘리베이터에서 803호 엄마를 만나서 얘기를 했는데 801호 얘기를 하더라고."

주은은 엄마의 말을 듣자마자 강의를 멈출 수밖에 없었다. 그 사실을 처음 알게 된 것이 이미 까마득하게 멀게 느껴지는 과거라도 그게 윤호의 집이라는 건 기억하고 있었기 때문이었다.

"그 왜 있잖아, 할머니 혼자 사시다가 최근에 이사 온 집. 근데 그 사람 말로는 그 집에 엄마가 최근에 암으로 돌아가시고 아빠랑 아들이랑 산다고 하더라고. 어린애가 참 안 됐지. 주은이랑 또래 정도로 보이던데. 엄마 일 이후로 애는 아

직 전학 과정도 못 마치고, 점점 나아지고 있긴 하지만 우울
증 때문에 학교도 못 간다더라. 남편도 직장이 없어서 할머
니 댁에 급히 와서 취업 준비하고 있다고…… 803호 엄마가
아파트 주민 회의에서도 어떻게든 좀 도와주자고 얘기 나왔
다고 했어."

엄마의 말에 주은의 머릿속에 윤호의 모습이 스쳐 지나갔
다. 윤호는 항상 웃고 있었다. 주은이 본 윤호의 모습은 자
신보다 한없이 밝기만 했다. 그러나 사실은 주은보다 윤호
의 상황이 더욱 어두웠던 것이다. 그 앞에서 빡빡한 일정 같
이 사소하게만 보이는 문제로 어두운 얼굴을 하고 있던 자
신이 윤호에게 어떻게 비춰졌을지 궁금했다. 어쩌면 주은을
좋은 상황에 놓여 있는데도 불평하는 아이라고 생각했을지
도 몰랐다.

이제 주은은 윤호의 모든 행동을 이해할 수 있을 것 같았
다. 항상 주은보다 먼저 정원에 도착해 있던 것, 학교를 물어
보는 질문에 대답하지 않은 것, 할머니 집에 씨앗이 있다고
한 것까지. 모두 윤호의 사연과 관련이 있었던 일들이었다.

그러나 단 한 가지 기억은 윤호의 사연을 들었음에도 이해
되지 않았다. 정원으로 들어가 걸쇠를 채우던 윤호와 윤호의
사연은 대체 무슨 관련이 있는 걸까? 주은은 그 물음을 떠올

리자마자 황급히 머릿속에서 지워 버렸다. 그 물음까지 생각하기에는 이미 생각하고 고민해야 할 일이 너무 많았다.

주은은 커튼에 가려진 창문을 향해 시선을 돌렸다. 정원이 진정으로 필요한 건 주은이 아니라 윤호였다. 주은은 당장 정원에 찾아가 윤호와 이야기를 나누고 싶었지만 지금 시간이나 거실에 있는 부모님 때문에 불가능했다.

주은은 멈춰 있는 강의에 시선을 두었다. 윤호의 이야기를 듣자 내일은 학원 선생님과 엄마에게 들킬 위험을 무릅쓰고라도 정원에 가야 한다는 확신이 들었다. 주은은 오랜만에 입술을 앙다문 채로 다가올 내일을 기다리기 시작했다.

한여름의 햇빛은 따가웠다. 주은은 눌러쓴 모자를 초조하게 붙들고 내리쬐는 햇빛 밑에서 정원으로 달려갔다. 한 걸음한 걸음 달릴 때마다 가방 안에서 문제집들이 덜컥거리고 주머니에서 전화기가 튀어 오르는 것이 느껴졌다.

흔들리는 시야 안으로 정원의 모습이 보였다. 주은은 그제야 발걸음을 늦추고 정원 문을 밀어 열었다. 잠시 쏟아지는 햇빛에 눈을 뜰 수 없었지만 곧 정원의 모습이 한눈에 들어왔다.

푸릇하고 자그마한 새싹이 정원 곳곳에서 눈에 띄었다. 군

데군데 흩어져 있는 새싹 가운데에는 그 검은 고양이가 쪼그려 앉아 새싹을 건드리고 있었다. 그러나 새싹과 고양이만 있을 뿐 윤호의 모습은 정원 어디에서도 보이지 않았다. 주은은 숨을 크게 내뱉었다. 어느새 윤호가 있는 정원에 익숙해진 주은은 눈앞에 자리한 텅 빈 정원이 낯설게 느껴졌다. 윤호가 오기 전까지만 해도 텅 빈 정원에 익숙했는데도.

주은은 발밑에 돋아난 새싹들을 밟지 않게 조심하며 정원을 가로질러 고양이에게 다가갔다. 고양이의 노란 눈이 주은을 빤히 올려다보았다. 주은은 무릎을 굽히고 앉아 그 눈을 마주보았고 그 눈이 윤호가 있을 때만큼 생기 넘치지 않는다는 사실을 알아냈다. 고양이 역시 윤호가 없는 정원의 모습은 낯선 모양이었다. 주은은 씁쓸한 미소를 지으며 한 사람이 미치는 영향력에 대해 실감하지 않을 수 없었다. 생기를 잃어버린 눈의 고양이를 쓰다듬고 주은은 그대로 뒤돌아 정원을 나왔다. 처음으로 정원의 방문이 마음의 위안이 되지 않았다. 윤호와 대화를 나누고 싶다는 생각이 주은의 머릿속을 채우고 있었다.

주은은 평소보다 몇 분 늦게 영어 학원에 도착했다. 영어 선생님은 말을 꺼내지는 않았지만 주은을 빤히 바라보는 것으로 대신했다. 주은은 그 시선에서 왠지 모를 불길한 기운이 느껴지는 듯했다.

또다시 반복되는 일상에서 주은은 겉으로는 착실히 움직이고 있었지만 속으로는 다른 생각들을 거듭하는 중이었다. 그 생각들은 윤호의 이야기부터 영어 선생님의 시선까지 다양했다. 이대로는 아무것도 할 수 없을 것만 같은 느낌에 주은은 지끈거리는 이마에 손을 갖다 댔다. 그렇지 않아도 버겁게 느껴졌던 일상이 오늘따라 주은을 더욱 무겁게 짓누르는 듯 느껴졌다.

주은은 방으로 곧장 들어가 창문 너머를 바라보았다. 컴컴한 어둠밖에는 보이지 않았다. 주은은 반짝이는 손전등 불빛이라도 보이길 기대했던 자신에게 한숨이 나왔다.

"내일도 가야 해."

주은은 중얼거리고 창문에서 몸을 돌렸다. 윤호와 대화를 나눌 때까지 주은은 정원에 가야 했다. 어떻게 말해야 할지 또 자신이 어떤 말을 하기를 원하는지는 알 수 없었지만 주은에게는 윤호와 대화를 나눈다는 것 자체가 중요한 일이었다.

"제발. 나한테 문제는 이것 말고도 많다고."

주은은 자신에게도 들리지 않을 정도로 작은 목소리로 그렇게 속삭이고는 창문을 커튼으로 가렸다.

우중충한 잿빛 하늘은 주은의 마음속을 나타내는 것 같았다. 주은은 어제처럼 달리고 있었지만 오늘은 모자를 눌러 쓸 필요가 없었다. 대신 주은의 손에는 만일을 대비한 우산이 쥐여 있었다.

정원의 모습이 눈에 들어오자 주은은 속도를 늦췄다. 천천히 정원으로 걸어가자 정원 내부의 모습이 선명히 보였다.

"오늘은 왔네."

윤호가 열심히 손을 흔들었다. 주은은 그 모습을 보자 그렇게 윤호와의 대화를 원했는데도 막상 아무런 말도 할 수 없었다. 마치 윤호를 처음 보고 아무 말도 하지 못했던 그때 같았다.

"한동안 안 와서 무슨 일 있는 줄 알았잖아. 어쨌든 예상보다 빠르게 새싹이 났어. 이 날씨에 튤립이 나는 건 처음 봤는데……."

주은은 윤호 옆에서 새싹을 건드리고 있는 고양이를 바라보았다. 주은은 한 번 숨을 들이마신 뒤 입을 열었다.

"물어볼 게 있는데."

그 말을 하는 주은의 목소리는 평소보다 훨씬 낮았다. 윤호도 그걸 느꼈는지 눈길을 주은에게로 향했다.

"한 달 전인가? 너랑 나랑 처음 여기에서 만났던 날 바로 다음 날 말이야. 그때 창문 밖으로 정원을 보고 있었거든. 내 방 창문이 정원 쪽으로 나 있어서."

주은은 윤호를 힐끗 보았지만 윤호는 고개만 끄덕이고 있었다. 주은은 여전히 낮은 목소리로 말을 이었다.

"근데 그때 네가 정원으로 뛰어가서 걸쇠까지 잠그는 걸 봤어. 그때 왜 그런 거야? 그동안은 네가 기분 나빠할까 봐 못 물어봤는데 너무 궁금해서 도저히 할 일에 집중할 수가 없었어."

말을 끝마친 주은은 입을 꾹 다문 채 윤호의 대답을 기다렸다. 윤호는 고양이만 쓰다듬다가 침묵을 깼다.

"사실 집에 있기 싫었어. 어른들이 싸우는 소리가 듣기 싫어서. 지금 내가 잠시 할머니 집에서 살고 있는데 할머니가 아빠랑 자주 싸우시거든. 그럴 때마다 내 처지가 너무 끔찍하게 느껴졌어. 그래서 거기에 있기 싫었던 거야. 물론 너는 내 처지를 몰라서 이해가 안 될 테지만……."

주은은 윤호의 마지막 말에 이제 자신이 그 말을 할 때라는 걸 알았다. 방금까지는 그 말을 할 수 없었지만 지금 말하지 않는다면 영영 말하지 못할 것이다.

"사실 네 사연을 알고 있어."

그 말을 하는 주은의 목소리는 너무 작아서 윤호에게 들렸을지도 의문이었지만 주은을 향하는 윤호의 눈이 가늘어진 것을 보면 전달된 듯했다.

"엄마가 아빠한테 말하는 걸 방에서 들었어. 그 말을 듣고 너랑 대화해 봐야 할 것 같은 생각에 어제 여기 와 봤는데 네가 없어서 오늘도 찾아와 본……."

"그래서?"

주은의 말을 끊고 들려온 목소리는 윤호에게서 나왔다고 믿을 수 없을 정도로 차디찼다. 그 목소리를 들은 주은은 한순간 아무 말도 할 수 없었다.

"응?"

"나랑 대화해야 할 것 같았다며. 할 말이 뭔데?"

"그게……."

주은은 몇 번이나 입을 열었다 닫았다 했지만 정작 나오는 말은 아무것도 없었다. 윤호의 차가운 태도에 당황스러울 뿐이었다.

"위로는 아니었으면 좋겠다. 위로는 아무런 도움도 되지 않아. 난 사람들이 자신들과 다른 처지에 처한 사람들을 딱하게 바라보는 게 싫어. 자신들은 겪어 본 적도 없으면서 다 이해한다는 것 같은 눈빛이야. 그건 이미 겪을 대로 겪었어."

"그런 게 아니야."

주은의 목소리가 높아졌다. 주은은 자신을 노려보기만 하는 윤호를 마주 보았지만 여전히 아무런 말도 할 수 없었다.

"그럼 대체 무슨 말을 하고 싶은 거야?"

"이렇게 반응할 것까지는 없잖아."

손이 부들부들 떨리는 것과 동시에 손에 들린 우산이 미끄러지는 것이 느껴졌다. 주은이 우산을 붙잡으려고 했을 때는 이미 너무 늦어 버린 뒤였다.

주은과 윤호의 눈앞에서 우산이 땅에 떨어졌다. 둔탁한 소리와 함께 주은의 눈앞이 까마득해졌다. 확인하지 않아도 그 밑의 새싹이 어떻게 되었을지는 안 봐도 뻔했다. 얼어붙은 채 우산의 가장자리를 따라 힘없이 굽어진 새싹만 바라보던 그 때 주은의 주머니에서 전화기가 시끄럽게 진동했다. 주은은 주머니에 손을 넣어 전화기를 꺼냈다. 화면에는 '엄마'라는 글씨가 빛나고 있었다. 주은의 심장이 세차게 뛰기 시작했다. 엄마가 갑자기 전화를? 대체 왜?

주은은 떨리는 손으로 통화 버튼을 누르고 전화기를 귀에 가져다 댔다. 주은이 여보세요라는 말을 하기도 전에 엄마의 목소리가 들려왔다.

"주은아, 어디야?"

낮게 깔린 엄마의 목소리를 들었을 때 주은은 그제야 손목 시계가 보였다. 6시 30분. 영어 학원에 도착해야 했을 때가 한참 지나 있었다. 주은의 심장은 내려앉아 버렸고 주은은 우산을 집어 들어 뒤도 돌아보지 못한 채 정원을 뛰쳐나왔다.

강의는 계속 흘러나오고 있었지만 주은의 정신은 온통 방문 너머로 쏠려 있었다. 엄마가 무슨 말을 할지에 대한 두려움과 윤호와 있었던 일에 대한 생각이 머릿속을 가득 메웠다. 마음이 복잡했다.

주은이 초조하게 시계를 바라보고 있을 때 현관문이 열리는 소리가 들렸다. 엄마의 전화를 받았을 때처럼 심장이 쿵 소리를 내며 발끝까지 떨어지는 듯했다. 이번에는 아무런 말도 없이 곧장 발소리가 들려왔다. 주은은 꼼짝없이 그 소리를 들으며 앉아 있을 수밖에 없었다. 주은은 제대로 보이지도 않는 강의를 멈춰 버렸다.

곧 노크 소리가 들렸다. 그것만으로는 평소의 엄마와 다를 바 없었으나 오늘 노크 소리는 왠지 모르게 더욱 크게 느껴졌다. 주은은 자리에서 천천히 일어나 문을 열고 엄마와 마주했다.

"주은아, 엄마랑 대화 좀 할까?"

고요한 엄마의 목소리가 그렇게 크게 다가온 적은 여태까지 없었고 앞으로도 없을 거라고 확신할 수 있었다.

몇 분 후 의자에 다시 앉았을 때 주은은 멈춰 있는 강의에 눈을 고정한 채 밖에서 들려오는 소리에 집중하고 있었다. 왜 학원에 늦었냐는 엄마의 질문에 학원에 너무 가기 싫어서 집 근처에 앉아 있었다고 한 뒤였다. 그리고 그 대답을 듣고 엄마는 아무 말도 없이 주은의 방에서 나갔다.

주은은 엄마가 자신의 말을 믿을지 알 수 없었지만 엄마의 눈빛으로 짐작건대 주은에게 무슨 변화가 생길 거라는 건 분명했다. 어쩌면 학원을 더 늘리거나 강의를 두 배 넘게 늘릴 수도 있었다. 그 외 엄마가 생각해 낼 방법은 많을 것이다. 어떤 방법이든 주은이 정원에 다시 찾아가는 건 어려운 일이 될 게 뻔했다. 그러나 주은은 윤호에게 사과한 뒤 화해하기 전까지는 시간이 걸리더라도 어떻게든 정원에 갈 생각이었다. 그렇지 않는다면 자신을 가둔 일상을 이겨 내거나 그 일상에서 영영 벗어나지 못할 것 같았다.

주은이 마음을 굳히는 동안 노크 소리가 들려왔다. 주은은 벌떡 일어나 문으로 다가갔다. 자신이 생각하기에 아까보다 몇 배는 빠르게 문을 열자 무표정한 엄마의 얼굴이 보였다.

"주은아."

"네."

주은은 엄마의 눈을 바라보았다. 주은의 키는 아직 엄마보다 작았지만 큰 차이는 아니었기에 엄마의 눈을 똑바로 바라볼 수 있었다.

"주은아, 주은이가 힘든 건 알고 있어. 아빠도 주은이 할 일이 많다고 생각하시고."

엄마가 잠깐 말을 멈추었다. 주은은 엄마의 말에 엄마도 그렇게 생각한다는 말은 없다는 것을 깨달았다. 순간 불길한 기운이 엄습했다. 주은이 생각했던 것과는 다른 어떤 말이 기다리고 있을 것 같았다. 주은의 눈빛은 굳힌 마음이 무색하게 어느새 흔들리고 있었다.

"하지만 학원에 가지 않은 건 잘못된 일이야. 주은이의 입장도 이해하지만 엄마는 주은이가 일정을 지키면서 공부하길 바라. 지금도, 미래에도 도움이 될 테니까 말이야. 그래서…… 학원 차 학생에 주은이도 등록할 예정이야. 내일 주은이가 학교에 가 있을 때 학원 선생님들한테 전화하려고. 학원 차는 대부분의 학원에 있으니까."

주은은 눈을 깜빡이며 엄마의 얼굴을 바라보았다. 이제 주은의 눈을 뚫어져라 보고 있는 건 엄마였다. 주은은 입을 오므리며 엄마의 입에서 나온 단어를 곱씹었다. 학원 차. 그 단어를 몇 번이나 곱씹은 뒤에야 그 의미를 이해할 수 있었다.

그동안 학원 차는 주은을 학원까지 데려다줄 필요가 없었다. 엄마가 있었기 때문이었다. 엄마가 항상 주은 곁에서 주은의 일정을 책임졌기에 학원 차의 필요성을 느껴 본 적이 없었다. 학원 차가 해내야 할 '학생들을 향한 관심'이라는 일을 엄마가 해내고 있었으니까. 그러나 엄마가 다시 연구소로 돌아간 지금 주은은 관심에서 벗어나 비교적 자유롭게 생활하고 있는 중이었다. 하지만 학원 차가 다시 엄마의 자리를 대신한다는 건 주은이 느끼기에 자신이 얻은 자유를 박탈당하는 것이었고 정원에 다시 찾아가 윤호에게 사과할 가능성이 차단된다는 것이었다.

"알겠지? 주은이는 그냥 엄마가 있을 때처럼 학원에서 나가면 다음 학원 차가 기다리고 있을 거야. 엄마랑 아빠, 다른 학원 선생님들도 오늘과 같은 일이 벌어지지 않았으면 해서 내린 결정이야. 주은이가 존중해 줬으면 좋겠어."

주은은 대답을 기다리는 듯 자신을 바라보는 자신과 똑같은 깊고 검은 눈을 보았다. 그러나 주은은 역시 이번에도 자신에게는 선택권이 없다는 사실을 알았다. 이미 결정된 일이었다. 주은이 할 수 있는 일은 그저 고개를 끄덕이는 것뿐이었다.

"알겠어. 존중해 줘서 고마워. 엄마는 가 볼게. 강의 보고 이제 자렴."

문이 조용히 닫히고 주은은 움직이지 않는 화면 속 강의 선생님과 그 뒤에 늘어진 자신의 일거리들과 함께 방 안에 남았다. 그리고 그 모든 것을 덮고 있는 것은 주은 자신의 슬픔이었다.

정원의 정원사

"저기, 주은아."

조심스러운 목소리가 멍하니 생각에 빠져 있던 주은을 깨웠다. 주은은 화들짝 놀라 몸을 바로 하고 목소리의 주인공을 바라보았다.

"응."

주은은 목소리의 주인공이 민솔인 것을 확인하고 마음을 진정시켰다. 민솔은 유미와 하린 옆에 서서 걱정스런 표정으로 주은을 바라보고 있었다. 그러고 보니 요즘 아이들과 제대로 대화를 나눈 지도 오래된 것 같았다. 요즘 주은이 주로 하는 일이라고는 멍하니 생각에 잠겨 있는 것뿐이었다.

"그, 너도 혹시 전화번호 있어? 여름방학 때 한 번 모여서 놀까 하는데, 일정 조정해 봐야 할 것 같아서."

민솔의 말을 듣자 주은은 단번에 전화기가 떠올랐다. 주은은 고개를 끄덕인 뒤 전화기를 꺼내 연락처에 접속했다. 맨 위에 떠오르는 자신의 전화번호가 보였지만 평소 전화기를 잘 꺼내지 않는 주은은 그 숫자들이 처음 보는 것처럼 낯설기만 했다.

"오, 언제 생겼어? 한 번도 못 본 것 같은데."

유미가 눈을 빛내며 주은의 전화기를 바라보았다.

"엄마가 연구소로 복귀하시고 주셨어. 무슨 일 있으면 연락하신다고."

주은은 공책에 자신의 전화번호로 추정되는 번호를 끼적이며 대답했다. 누군가에게 이렇게 전화번호를 알려 준 것이 처음이라는 말도 덧붙이려고 했지만 지금 상황에 어울리지 않는 말 같아서 하지 않았다.

"부모님이랑 선생님들 빼고 또 전화번호 있는 사람 있어? 물론 우리 전화번호도 곧 추가할 거지만."

하린이 물었다. 주은은 고개를 젓다가 멈칫했다. 전화기만 있다면 굳이 정원에 찾아가지 않아도 윤호와 대화할 수 있을 텐데. 그렇다면 윤호와 화해할 일말의 가능성이라도 남아 있는 것이 아닌가. 그러나 곧 이제 학원 차 때문에 정원에 찾아가지도 못하니 윤호에게 전화번호를 물어보지도 못한다는 사실이 떠올랐다. 잠시나마 들뜨는 것 같았던 주은의 기분은 다시 착 가라앉고야 말았다.

"내 연락처 저장해 놔. 연락할게."

민솔이 주은의 전화번호가 적힌 종이를 건네받으며 귀 근처에 전화기 모양을 만들어 보였다. 주은은 고개를 끄덕이며 주머니에 전화기를 집어넣었다.

"나도 주은이 전화번호 줘. 우울해 보일 때마다 문자 폭탄 날려 줄 테니까."

유미가 민솔처럼 귀 근처에 손으로 전화기 모양을 만들어 보이며 웃었다. 주은은 어색하게 둘의 손동작을 따라 해 보았지만 생각만큼 잘되지 않아 포기했다. 그러는 동안에도 주은의 기분은 바닥에 내려앉아 있었다. 윤호와 화해하지 못하게 되다니. 더구나 이제 주은은 자신 곁에 머물러 주었던 정원에 아예 찾아갈 수도, 부드러운 고양이의 털을 쓰다듬을 수도, 정원이 아름다워지는 모습을 지켜볼 수도 없게 되었다.

"당장 오늘부터 문자 해야겠는걸."

유미의 중얼거림이 들려왔다. 주은은 이번에는 쓴웃음조차 지을 수 없었다.

어제부터 오늘까지 어둑하던 하늘에서는 장대비가 퍼붓고 있었다. 주은은 쏟아지는 비 사이로 학원 차를 찾았지만 벌써 몇 분이나 기다렸음에도 학원 차는 보이지 않았다. 주은은 초조하게 주머니에 손을 넣어 전화기를 어루만졌다. 영어 학원 선생님에게 전화라도 해야 하나 싶었다. 어제 정원에서 새싹을 짓눌렀던 우산이 이렇게 그립기는 처음이었다.

그때 머릿속에서 한 가지 생각이 번뜩였다. 고양이. 튤립은 식물이니 그렇다 치더라도 고양이는 이런 날씨에 밖에 있다가는 병에 걸릴 수도 있었다. 심지어 고양이는 물을 싫어하는 동물로 유명했다. 생각이 거기까지 미치자 걱정으로 속이 타들어 갔다.

주은은 다시 하늘을 올려다보았다. 그칠 기색이 없었다. 학원 앞에서는 비를 피하려는 몇몇 학생들이 버스 정류장 지붕 아래로 모여들고 몇몇은 차를 타고 급히 자리를 뜨고 있었다. 다시 시선을 앞으로 돌렸지만 학원 차는 아직도 오지 않았다. 이제 주은의 머릿속에는 고양이 생각밖에 없었다.

주은은 학생들이 옹기종기 모여 있는 버스 정류장으로 다가오는 버스를 바라보다가 마음을 다잡았다. 주은은 최대한 팔로 머리를 가린 채 장대비가 퍼붓는 하늘 아래로 뛰어 들어갔다.

몇 초 만에 온몸이 흠뻑 젖었다. 한여름 특유의 후덥지근한 공기가 온몸을 감쌌다. 주은은 그쯤 되자 머리를 막는 것도 포기하고 최대한 빨리 달렸다. 벌써 채워진 물웅덩이를 정통으로 밟는 바람에 신발에 흙탕물이 흩뿌려졌다. 주은은 시야를 막는 빗물을 눈에서 닦아 내고 달리기에만 집중했다.

머리카락에서 물이 뚝뚝 떨어지기 시작했을 때에야 정원의 모습이 눈에 들어왔다. 주은은 정원 문을 열고 안으로 발을 들였다. 윤호는 보이지 않았고 푸릇한 새싹들 위로 비가 쏟아지고 있었다. 그리고 정원 한구석에 몸을 동그랗게 말고 있는 고양이가 보였다.

주은은 새싹을 밟지 않게 까치발을 들고 고양이에게로 다가가 고양이를 안아 올렸다. 처음 봤을 때보다 자라기는 했어도 고양이는 아직 자그마했다. 주은은 고양이의 떨리는 몸을 최대한 문질러 주며 어떻게 해야 할지 궁리하며 입술을 깨물었다. 이렇게 내버려둘 수는 없고 그렇다고 집으로 들고 가면 엄마가 절대 허락하지 않을 것이다.

급한 대로 고양이를 아파트 현관으로 데리고 갔지만 여전히 어떻게 해야 할지 앞길이 막막했다. 주은은 아파트 현관에서 비를 피하며 주머니에서 전화기를 꺼냈다. 아직 늦지 않았으니 영어 학원 선생님에게 전화한다면 지금 사연을 설명할 수 있을지도 몰랐다. 주은은 통화 버튼을 누르고 선생님이 전화를 받을 때까지 기다렸다.

"여보세요?"

딸깍 소리가 들리고 영어 학원 선생님의 목소리가 들려왔다.

"안녕하세요, 선생님. 저 주은인데요. 오늘부터 학원 차 신청해서 기다렸는데 학원 차가 안 와서 일단 저희 아파트 현관으로 왔어요. 우산 챙겨서 학원으로 가도 되나요?"

주은이 빗소리에 묻히지 않도록 큰 소리로 묻자 곧 다시 선생님의 목소리가 들려왔다.

"미안해, 주은아. 선생님이 오늘 아침에 어머님 전화 받고 주은이도 신청했다는 거 까먹어 버렸어. 지금 아파트 현관이라는 거지? 조금만 기다려. 선생님이 데리러 갈게."

주은이 대답하기도 전에 전화가 끊겼다. 주은은 예상치 못한 전개에 당황했으나 곧 전화기를 주머니에 다시 넣고 고양이를 내려다보았다. 고양이의 동그란 눈을 보자 당장이라도 집에 데려가고 싶었지만 그럴 수 없다는 걸 잘 알고 있었다. 선생님이 도착했는데 주은이 없다면 뭐라고 설명해야 할지 알 수 없었다. 그랬기에 주은은 그저 어정쩡하게 고양이를 안은 채 선생님을 기다렸다. 주변에서 고양이를 위한 상자라도 찾아볼까 싶었지만 아무리 둘러보아도 보이지 않았다.

고양이의 눈이 스르르 감기는 걸 지켜보고 있을 즈음 검은색 차 한 대가 멈춰 섰다. 이내 창문이 내려가고 영어 학원 선생님의 얼굴이 보였다. 주은은 반사적으로 고양이를 외투에 넣어 숨기며 차로 다가갔다.

"주은아, 빨리 타. 어머, 젖은 거 봐. 학원 도착하면 선생님이 손수건이라도 줄게. 미안해. 내일은 꼭 잊지 않고 데리러 갈게."

주은은 여전히 고양이를 꼭 끌어안은 채 차 문을 열고 뒷자리에 올라탔다. 4명의 자리밖에 없는 것을 보니 학원 차가 아닌 선생님의 개인 차 같았다. 주은은 안전벨트를 매고 무릎에 자리 잡은 고양이를 천천히 쓰다듬으며 차 안을 둘러보았다. 그 순간 주은의 눈에 주은이 몇 분 동안 찾던 물건이 보였다.

"선생님, 이거 써도 돼요? 뭐 담을 게 있어서 그런데."

선생님이 뒷거울로 주은이 가리키는 종이가방을 힐끗 보더니 고개를 끄덕였다. 주은은 선생님의 시선이 다시 앞으로 향하자마자 종이가방에 고양이를 살포시 집어넣었다. 지금은 잠든 것 같으니 어쩌면 모든 학원이 끝날 때까지 들키지 않을 수 있을 것이다. 그리고 비가 그치면 집에 오는 길에 잠깐 다시 정원에 들러 내려놓고 올 수 있겠지. 주은은 종이가방을 품에 끌어안고 창밖으로 휙휙 지나쳐 가는 풍경을 바라보았다. 조금은 마음이 편해진 기분이었다. 물론 여전히 윤호에게 사과하지 못했다는 돌덩이가 마음속에 걸려 있었지만 말이다.

그 이후로 주은의 신경은 온통 종이가방에 쏠려 있었다. 그래서 국어 학원과 과학 학원의 학원 차를 놓칠 뻔했고 원래 빠르던 국어 수업은 한 단어도 듣지 못했으며 영어와 과학 문제집은 채 세 장도 풀지 못했지만 최소한 고양이는 무사했다.

주은은 마지막 학원인 과학 학원에서 나서며 종이가방을 품에 끌어안았다. 그러나 주은의 예측과 달리 먹구름 때문에 보름달이 뿌옇게 빛나는 밤하늘에서는 아직도 빗방울이 떨어지는 중이었다. 주은은 먹구름만큼 어두운 얼굴로 하늘을 올려다보고 있다가 과학 학원 차의 경적에 정신을 차렸다. 주은은 종이가방을 품에 끌어안은 채 학원 차에 올라타자마자 비가 그치기를 바라며 창문 밖을 응시했다. 종이가방이 있다고 해도 빗발이 아직 떨어지는데 고양이를 정원에 놓고 오기는 기분이 껄끄러웠다.

주은은 한숨을 폭 내쉬다가 무언가 꿈틀대는 기분에 종이가방을 내려다보았다. 순간 그동안 이리저리 자세를 바꿔 가며 자던 고양이의 동그란 눈과 주은의 눈이 마주쳤다. 그 눈빛은 주은에게 도저히 고양이를 정원에 두고 올 수 없을 것 같다는 생각을 되새기게 했다.

"오늘 네가 조용히 있으면 집에 데려갈 수도 있을 거야."

주은은 고양이를 향해 조용히 속삭였다. 그 말은 고양이를 향한 말이자 자신을 향한 말이기도 했다. 주은은 그 유일한 해결책에 도무지 확신이 들지 않았지만 달리 방법이 없었다.

고양이는 울지도 않고 주은을 빤히 바라보았고 주은은 종이가방에 손을 넣어 고양이의 부드러운 털을 쓰다듬었다. 빗발은 주은의 결정을 부추기기라도 하는 듯 계속되었다. 주은은 창문에 얼룩지는 빗방울을 바라보며 복잡한 머릿속을 진정시켰다. 부모님에게 고양이를 보여 준다면 분명 고양이라면 사족을 못 쓰는 아빠는 좋아할 것이다. 그러나 주은이 걱정하는 건 엄마의 반응이었다. 벌써 굳은 얼굴로 자신을 응시하는 엄마의 얼굴이 주은의 머릿속에 펼쳐졌다. 절로 몸이 웅크려졌다. 오늘 말고도 주은은 이미 엄마가 절대 허용하지 않을 일들을 몇 차례 한 바였다.

"그래도 널 놔두고 갈 수는 없잖아."

주은은 멍하니 중얼거리고 나서야 학원 차가 집 앞에 멈췄다는 것을 깨달았다. 주은은 한 번 숨을 내뱉은 뒤 종이가방을 품에 꼭 끌어안은 채 학원 차에서 내렸다. 종이가방에서 꼬물대는 고양이의 따뜻한 체온이 주은에게 전해져 왔다. 주은은 엘리베이터에 탈 때쯤 완전히 마음을 굳힌 뒤였기에 망설임 없이 7층을 누르고 하나씩 늘어 가는 층수를 바라보며 기다렸다.

마침내 엘리베이터 문이 열렸고 주은은 엘리베이터 밖으로 걸음을 옮겼다. 주은은 한 손으로는 여전히 종이가방을 꼭 끌어안은 채 나머지 손으로 현관문을 열었다. 평소와 다른 점은 주은의 손에 조그만 생명이 들려 있다는 것뿐이었다. 그리고 그것은 유일하지만 무엇보다도 무겁게 느껴지는 것이었다.

"다녀왔습니다."

"왔니, 주은아?"

주은은 눈을 동그랗게 뜬 채 멈춰 섰다. 현관문을 열고 들어선 주은을 맞은 건 주은의 예상과는 달리 아빠의 장난기 넘치는 목소리가 아닌 엄마의 목소리였기 때문이었다. 그건 주은이 할 말을 연습할 새도 없이 엄마에게 종이가방과 그 안의 생명에 대해 말해야 한다는 뜻이기도 했다.

"네. 오늘은 빨리 오셨네요."

주은은 최대한 아무렇지 않게 말하려고 했으나 목소리는

심장만큼이나 떨려 왔다. 주은은 무의식중에 종이가방을 더 꽉 끌어안았다가 엄마의 시선이 종이가방으로 향하자 곧 자신이 실수했다는 것을 깨달았다.

"응, 연구가 막바지라서 일찍 퇴근했어. 근데 그건 뭐니? 처음 보는 건데. 학원에서 뭐 받은 거야?"

"그…… 오늘 비가 엄청 많이 왔는데 비를 맞고 있길래……."

엄마의 시선이 따갑게 와 닿자 주은의 목소리가 점점 줄어들었다. 주은은 간신히 다시 말을 이었다.

"비 그칠 때까지 데리고 있으려고 했는데 비가 안 그쳐서 데리고 와 버렸어요. 고양이예요."

엄마의 얼굴을 조심스럽게 마주 본 주은은 엄마의 찌푸린 얼굴을 보고 급히 덧붙였다.

"엄청 어려요. 사고는 안 칠 거예요."

"그래서, 키우고 싶다는 말이야?"

"아니요, 그게 아니라……."

"아직 반려동물을 책임지고 키우기에는 나이가 너무 어려. 공부에 방해도 될 테고. 길고양이라서 가족도 있을 것 같은데 엄마가 종이가방 통째로 아파트 앞에 놔두고 와 줄게."

"안 돼요!"

주은은 생각보다 크고 높게 나온 자신의 목소리에 움찔 놀랐다. 주은은 마찬가지로 놀란 엄마의 얼굴을 마주하고 황급히 말을 덧붙였다.

"감기 걸릴 수도 있어요. 이미 비를 흠뻑 맞아서……."

"그래도 안 돼. 정 그렇다면 엄마가 수건이랑 놔두고 와 줄 테니 우선 씻어. 아직 할 일이 많잖아."

"밖에 내보내야 한다면 제가 할래요. 발견했던 장소에 갖다 놓을게요."

주은은 고양이가 비를 맞으며 낯선 곳에서 정원을 찾지 못해 방황하는 건 절대 용납할 수 없었다. 엄마는 찡그린 얼굴로 주은을 바라보았지만 주은은 뜻을 굽히지 않았다. 결국 먼저 포기한 사람은 엄마였다.

"그래. 그렇게 해. 대신 최대한 빨리 다녀와야 해."

"네."

주은은 대답하고 방으로 들어가 담요를 찾았다. 여전히 종이가방으로 버틸 수 있을지 걱정되었지만 어쩔 수 없었다. 엄마는 절대 고양이를 집에 머물게 하는 것을 허용하지 않을 것이다. 고양이를 숨긴다고 해도 들킬 게 뻔했다. 주은은 아무 담요나 집어 들어 종이가방 안에 깔고 등 뒤로 느껴지는 엄마의 시선을 애써 무시하며 재빨리 집을 나섰다.

"절대 종이가방 밖으로 나가면 안 돼. 비를 맞으면 안 되니까."

주은은 엘리베이터가 14층에 멈춰 있는 것을 확인하고 계단으로 통하는 문을 열며 고양이에게 말했다. 고양이가 알아들을 수 있을지는 알 수 없었지만 그렇게 말해야 마음이 편할 것 같았다.

"이불을 최대한 꼭꼭 덮고 있어야 해. 내일 비가 그치면 아마 김윤호 걔가 올 거야. 미안, 다시 밖에 데려가게 돼서."

주은은 윤호를 떠올렸다가 아직도 윤호에게 사과하지 못했다는 사실을 깨달았다. 그러나 이제 주은은 정원에 방문해 윤호와 대화를 나눌 수 없었다. 오늘은 영어 학원 선생님이 실수했지만 다음부터는 이런 상황이 생기지 않을 테니까.

"이제 난 갈 수 없지만 네가 나 대신 정원을 걔랑 가꿔 줘야 해."

주은은 그 말을 하며 순간 울컥하는 목소리를 느꼈다. 그 감정이 오랜 휴식 공간이었던 정원을 영영 떠나게 되어서 그런 건지, 아니면 결국 다시는 윤호와 만나지 못하게 되어서 그런 건지는 알 수 없었다.

1층에 도착한 주은은 정원으로 천천히 발걸음을 옮겼다. 비는 이제 보슬비로 변해 있었고 공기 중에는 습한 기운이 감돌았다. 마침내 정원의 모습이 눈에 들어왔을 때 주은은 오래 전 자신이 처음 정원을 발견한 날의 모습부터 지금의 푸릇한 모습까지, 모든 정원의 모습을 기억에 새겼다.

"잘 있어."

주은은 정원의 구석에 고양이를 내려놓으며 속삭이고는 정원 문 쪽으로 돌아섰다. 그때 평소에는 발견하지 못했던 정원 울타리 사이에 끼워져 있는 뭔가가 보였다. 주은은 달빛에만 의지하며 손을 뻗어 그것을 울타리에서 빼냈다.

주은은 흐릿하게나마 쏟아지는 달빛으로 그것이 쪽지라는 것을 알 수 있었다. 순간 심장이 철렁 내려앉았다. 윤호가 틀림없었다. 주은은 쪽지를 가만히 응시했다. 살짝 젖은 쪽지는 폭우가 쏟아진 뒤에 남겨 놓은 것 같았다.

"난 가 볼게."

주은은 고양이에게 손을 흔든 뒤 쪽지를 주머니에 집어넣었다. 심장이 쿵쿵 뛰었다. 주은은 이 쪽지가 윤호와 화해할 수 있는 계기일 것이라는 이상하도록 명확한 확신으로 가득 찬 채 아파트 쪽으로 향했다.

집에 도착한 주은은 곧바로 방에 들어가 문을 닫고 밝은 불빛 아래 쪽지를 살며시 펼쳤다. 빗물에 살짝 번졌지만 글씨를 알아볼 수 없을 정도는 아니었다. 주은은 왠지 모르게 윤호와 어울리는 삐뚤빼뚤한 글씨를 읽어 내려갔다.

-조수

안녕. 김윤호야.

아빠가 사고를 당하셔서 병원에 머무르셔야 한대.

입원 기간이 얼마나 걸릴지는 모르지만.

그러니까 당분간 네가 고양이랑 튤립을 돌봐 줘야 해.

물은 아마 한동안 필요 없을 거야. 비가 많이 왔으니까.

대신 고양이는 돌봐 줘야 해. 비를 맞으면 위험해질

수 있거든.

물어볼 것 있으면 밑에 번호로 문자 해.

병원은 침묵을 좋아하는 곳이니까. 전화할 수 있을 때

알려 줄게.

부탁할게. 고마워.

안녕.

-정원의 정원사

010-✿✳︎♧■-#✳︎★♤

주은은 눈을 크게 뜬 채 한 글자 한 글자, 그리고 마지막 윤호가 남긴 전화번호까지 읽어 내려갔다. 마침내 그 짤막한 글을 세 번 정도는 읽은 주은은 쪽지를 조용히 다시 주머니에 집어넣었다. 주은이 전화기를 꺼내 윤호의 전화번호를 저장하려던 찰나 닫힌 방문에서 노크 소리가 들렸다. 주은은 전화기를 쪽지를 넣은 주머니에 집어넣고 문을 열었다.

"주은아, 언제 왔니? 인기척이 안 나서 깜짝 놀랐네. 우선 씻으렴."

주은은 대답을 하는 둥 마는 둥 하고 화장실로 들어갔다. 화장실에서 다시 전화기를 꺼낸 주은은 쪽지를 펼쳐 윤호의 전화번호를 연락처에 추가했다. 문득 민솔에게서 아직 연락이 오지 않았다는 사실이 떠올랐지만 지금은 그 생각 역시 한편으로 치워 버렸다. 지금 주은에게는 이 쪽지에 있는 내용이 윤호와 대화할 유일한 방법일지도 모른다는 사실만이 중요했다.

주은은 윤호의 연락처를 쪽지의 내용처럼 '정원의 정원사'로 저장하고 전화기를 세면대 위에 올려 두었다. 잠시 멍하니 화장실 벽을 바라보며 주은은 하루에 한 번은 정원에 가야 한다는 사실과 그 방법을 생각하기 시작했다. 학원 차 때문에 원래 방문하던 시간은 안 될 테고, 대신 과학 학원이 끝난 뒤 집에 들어가기 전에 아주 잠깐 갈 수 있을 것이다. 주은은 그렇게 마음먹고 입을 앙다물었다. 주은은 이 일을 해야만 했다. 마음의 안식처인 정원이 아름다워지는 과정을 돕기 위해서, 그리고 무엇보다도 정원의 정원사와 화해하기 위해서.

다른 세계에서

주은은 영어 학원 차에 몸을 싣고 새로 추가된 민솔, 유미, 하린의 연락처 밑 '정원의 정원사'라는 글씨를 바라보았다. 몇 번이나 윤호에게 문자를 보내려고 노력했지만 뭐라고 말을 꺼내야 할지 알 수 없었다. 안녕, 이주은이야. 미안하다는 말을 해야 할 것 같아. 주은은 그 말이 떠오르자마자 머릿속에서 황급히 털어내 버렸다. 그것보다는 윤호가 물어보라고 한 대로 정원에 대한 것을 물어봐야겠다는 생각이 들었다. 주은은 흘깃 훔쳐본 창밖의 풍경이 점점 영어 학원으로 가까워지는 것을 보고 손가락을 빠르게 놀렸다.

< 정원의 정원사   ☎ ⋮

안녕, 이주은이야.

아기고양이 밥은 뭐 주면 되는 거야?

주은은 전송을 누르고 바지 주머니에 전화기를 집어넣었다. 그리고 묵직한 가방을 고쳐 메며 학원 차에서 내렸다. 영어 학원 교실로 향하는 동안 전화기의 진동이 느껴지는지 신경을 기울였지만 느껴지는 건 아무것도 없었다. 주은은 조그맣게 한숨을 내쉬며 반으로 발을 들였다. 아빠가 사고를 당하셨다면 정신이 없겠지. 주은은 자리에 앉으며 무의식적으로 칠판을 보았다가 칠판의 글씨를 보고 깜짝 놀랐다.

"오늘 시험 날이었어?"

주은은 눈을 동그랗게 뜨고 칠판에 적힌 글씨를 뚫어져라 응시했다. 하지만 몇 초나 바라보고 있어도 '시험'이라는 글씨는 조금이라도 변하지 않았다. 주은은 쿵쾅거리는 심장을 간신히 추슬렀다. 항상 시험 며칠 전에 시험공부를 하며 대비하던 주은이었는데 시험을 대비하기는커녕 제대로 기억하지도 못하다니. 주은은 지금이라도 문제집을 펼쳐 들여다보려고 했지만 이미 너무 늦은 뒤였다.

"모두 필기구 빼고 다른 물건들 다 집어넣으세요. 오늘 시험 대비 잘해 왔죠? 난이도는 무척 쉽게 출제했으니 전원 100점도 가능할 거예요."

수업의 시작이 이렇게 빠르게 느껴진 건 처음이었다. 주은은 마지못해 문제집을 가방에 천천히 집어넣었지만 그때까지도 심장은 내달리고 있었다. 앞자리에서 넘어온 시험지를 훑어보는 순간 싸늘한 예감이 온몸을 휘감았다. 배가 철렁하는 기분과 함께 주은은 꼼짝할 수가 없었다.

장장 1시간 동안 계속된 시험이 끝났을 때 주은의 시험지는 다른 시험지에 비해 유난히 깨끗했다. 주은은 시험지를 선생님의 책상에다 올려놓자마자 서둘러 자리를 뜨려고 했으나 선생님의 부름에 멈출 수밖에 없었다.

"주은아, 잠깐만 기다려 봐."

주은은 천천히 선생님 쪽으로 다가가 섰다. 선생님은 주은의 손을 살포시 잡으며 입을 열었다.

"주은이가 학원이 더 늘어나서 할 일이 많아진 것 때문에 힘들어진 거 알아. 근데 선생님은 몇 주 전부터 시험이 있다고 공지했는데, 대비를 안 한 건 문제가 있다는 거야. 그러니까 어머니께 말씀드릴 수밖에 없어. 선생님은 주은이가 바쁜 일상에도 적응해서 훌륭한 모습을 다시 보여 줬으면 좋겠다."

주은은 입에 뭐가 탁 걸린 듯 대답할 수가 없었다. 엄마가 선생님의 말을 듣는 순간 어떻게 반응할지 두려웠다. 도망치고 싶은 기분이었다. 아무도 쫓아올 수 없는 곳으로 도망가 마음의 짐도 잊어버리고 한참 동안 머무르고 싶었다.

"네."

주은은 억지로 입을 열어 짤막하게 대답한 뒤 몸을 돌려 빠른 걸음으로 학원을 나왔다. 주은이 도망치듯 학원을 빠져나왔을 때 주머니 속 전화기에서 진동이 느껴졌다. 주은은 입을 오므렸다. 벌써 엄마가 소식을 전해 들은 걸까? 주은은 전화기를 꺼내 화면을 바라보았지만 화면에는 '엄마'가 아닌 다른 글씨가 적혀 있었다. 주은은 한 번 심호흡하고 통화를 누른 뒤 전화기를 귀에 갖다 댔다.

"여보세요?"

"여보세요? 이주은 맞지?"

"응, 맞아."

주은은 전화기 너머로 들려오는 목소리에 순간 깜짝 놀라 숨을 들이마셨다. 윤호의 목소리는 주은의 기억 속 그 아이라고 믿을 수 없을 정도로 달라져 있었다. 착 잠긴 데다가 물

기마저 어린 목소리는 항상 밝았던 윤호와 도저히 어울리지
않았다.

"안녕, 조수. 김윤호야. 아마 알고 있겠지만. 쪽지를 봤구
나. 잘됐네."

"응, 봤어. 용케 비에 안 젖었더라고."

"다행이다."

주은은 너무 낮아서 거의 들리지 않는 윤호의 목소리에 바
짝 귀를 기울이며 앞을 살폈다. 국어 학원 차는 아직 도착하
지 않았다. 주은은 전화기를 귀에 더 가까이 가져다 댔다.

"음, 그래서 네가 물어본 것 있잖아."

"응."

"고양이 밥은 아마 정원 근처에 있을 거야."

"그렇구나."

"응. 좀……."

덜컹거리는 시끄러운 소리에 윤호의 말이 묻혔다.

"뭐라고?"

"아니야. 그냥…… 위급한 환자가 실려 갔어. 우리 아빠만
큼은 아니지만."

"음, 아버지는 좀 나아지셨어?"

주은은 그 말을 하자마자 그게 얼마나 무책임한 말이었는

124

지 깨달았다. 윤호의 말로 미루어 보아 위급한 상태임이 분명한데 그런 질문을 하다니. 주은은 머리를 쥐어박고 싶은 심정이었다.

"지금 중환자실에 계셔. 나아지셨는지도 모르겠어. 나는 못 들어가게 하고 할머니는 어떤 상황인지 말해 주지도 않으셔. 하지만 나아지셔야 해. 아빠마저 떠나면 난 의지할 사람이 없어."

그 말을 하는 윤호의 말이 너무 서글프게 들려 주은은 절로 입을 앙다물었다. 주은은 그 목소리를 듣자마자 복잡한 마음속에서 지금 자신이 무엇을 해야 하는지 찾아낸 것 같았다. 주은은 앞을 보았지만 아직도 학원 차는 눈에 띄지 않았다. 주은은 목소리를 낮추고 전화기에 대고 빠르게 속삭였다.

"어느 병원이야?"

"응?"

한참 기다려서야 들려오는 물음에 주은은 다시 한번 천천히 물었다.

"어느 병원이야?"

"아마 마루 병원일 거야."

"마루 병원."

주은은 그 이름을 똑똑히 기억하고 있었다. 도심에서 가장 큰 병원으로 잘 알려진 곳이었다.

"거기로 갈게."

"뭐라고?"

이번에 질문을 던진 사람은 윤호였다.

"거기로 갈게."

주은은 마지막으로 앞을 보았고 학원 차가 여전히 도착하지 않은 것을 확인하고서 몸을 돌렸다.

마루 병원은 주은의 집에서 지하철로 두 정거장, 차로 20분을 가면 나오는 곳에 있었다. 주은은 그중 지하철을 택했다. 지하철이 가장 빠른 교통수단이기도 했고 빠르면 빠를수록 학원 선생님들이 주은이 오지 않았다는 걸 알아차리는 시간이 늦어지기 때문도 있었다. 어느 때보다 큰 일상으로부터의 탈출을 눈앞에 둔 주은은 형용할 수 없는 감정으로 심장이 두근거리는 것을 느꼈다.

딱 하나 있는 문제는 지금 주은에게 지하철표를 살 돈이 하나도 없다는 것이었다. 주은은 잠시 머뭇대다가 집으로 달려갔다. 딱 지금과 같은 비상시에 쓰려고 숨겨 둔 비상금 몇만 원이 침대보 아래에 깔려 있는 것을 기억하고 있었다. 그 돈을 차곡차곡 모을 때 주은은 지금과는 다른 생각을 하고 있었던 것 같았지만 어쨌든 그 돈이 지금 도움이 될 거란 건 확실했다.

주은이 멈추지 않고 한 번 만에 아파트 앞으로 완주했을 때 익숙한 소리가 주은의 귀에 닿았다. 주은은 소리가 나는 곳을 돌아보았다가 자신을 향해 달려오는 검은색 털뭉치를 발견했다. 주은과 눈을 맞춘 고양이가 다시 한번 높은 목소리로 야옹거렸다. 주은은 순간 멈춰 서 갈등했다. 병원에는 동물 출입이 안 되는 걸로 알고 있었지만 고양이가 주은에게나 윤호에게나 중요한 존재임에는 분명했다. 주은은 규칙에 따라 그대로 돌아서려다 똘망똘망한 눈동자를 보고 휘청 흔들렸다. 주은은 잠시 고양이의 눈을 마주 보다가 생각할 겨를도 없이 고양이를 안아 들었다.

"대신 얌전히 있어야 해."

주은은 가방 뒷주머니에 고양이를 조심스레 넣으며 말했다. 가방을 앞으로 멘 주은은 가방을 끌어안고 다시 달리기 시작했다.

주은을 애타게 만들며 천천히 14층에서 내려온 엘리베이터에 올라타자마자 주은은 7층 버튼을 눌렀다. 오늘따라 숫자가 느리게만 올라갔기에 주은은 발을 땅에 탁탁 두드리며 조바심쳤다. 마침내 딩동 소리와 함께 문이 열리자 주은은 총

알처럼 튀어 나갔다.

"어지러워도 조금만 참아. 지하철 타면 괜찮아질 거야."

주은은 가방에 있는 고양이에게 중얼거리며 현관문을 열고 방 안으로 들어가 침대보를 들췄다. 그리고 꾸깃꾸깃해진 만 원짜리 지폐 전부를 집어 들었다. 주은은 가방 앞주머니에 지폐를 집어넣고 지퍼를 채웠다. 가방 안에서 고양이가 꿈지럭대는 것이 느껴졌다. 주은은 무겁게만 느껴지는 가방 지퍼를 열어 문제집을 몽땅 꺼내 책상에 올려놓은 뒤 고양이의 부드러운 털을 한 번 쓰다듬고 다시 집을 나섰다.

다행스럽게도 엘리베이터는 아직 7층에 멈춰 서 있었다. 주은은 엘리베이터에 올라타 가벼워진 가방을 꼭 끌어안았다. 살짝 열린 지퍼 사이로 빛나는 고양이의 눈이 보였다. 그 눈은 마치 지금 주은이 어디로 가는지 알고 있는 듯 확신에 차 있었다. 주은이 미소를 지어 보이자 그 미소를 본 고양이의 눈은 곧 깜빡거리더니 닫혔다. 동시에 엘리베이터가 1층에 도착하며 띵 소리를 냈다.

주은은 후텁지근한 8월의 공기 속으로 뛰어들어 달렸다. 가장 가까운 지하철역은 주은의 집에서 별로 멀지 않았다. 아직도 해가 지지 않은 하늘 아래에서 달리며 주은은 뜨거운 한여름의 공기를 한껏 들이마셨다.

지하철역으로 내려가자 시원한 바람이 느껴졌다. 주은은 이미 오래전처럼 느껴지는 과거에 부모님이 표를 끊던 것을 떠올리며 머뭇머뭇 화면을 눌렀다. 도착지는 마루 병원 역으로, 연령은 청소년으로……. 자신이 생각해도 이번 여정 도중 가장 느린 속도였고 그러는 동안 마음속은 점점 타들어 갔다. 지금쯤이면 국어 학원 선생님이 주은이 보이지 않는다는 걸 깨달았을 것이다.

드디어 표가 나오자 주은은 표를 잡아채 사람들 사이를 뚫고 빠른 걸음으로 걸었다. 탑승구를 통과한 주은은 지하철 승강장 쪽으로 걸어갔다. 주은이 초조한 마음으로 가방을 꽉 끌어안는 동안 사람들의 줄이 뒤로 늘어섰다. 심장이 뛰는 소리가 마치 시계의 초침 소리처럼 느껴졌다. 주은의 몸 안에서 점점 시간이 흐르고 있었다. 째깍, 째깍, 째깍.

"승객 여러분, 곧 열차가 도착합니다. 이번 역은 열차와 승강장 사이의 간격이 넓으니 발빠짐에 주의해 주십시오."

발랄한 안내 방송과 함께 천천히 지하철이 멈춰 섰다. 주은은 사람으로 꽉 찬 지하철 안을 바라보며 앉을 자리를 찾았다. 타는 사람만큼 내리는 사람도 많았지만 빈자리는 나지 않았다. 주은은 침을 삼키며 지하철 안으로 발을 들였다.

지하철 특유의 갑갑한 공기와 밀폐된 공간의 답답함이 주은을 짓눌렀다. 주은은 사람들 사이를 지나 손잡이를 잡았다. 두 정거장만 가면 되니 서서도 견딜 수 있을 것이다. 주은은 지퍼 틈 사이로 가방 안을 내려다보았지만 고양이는 몸을 웅크린 채 잠이 들어 있는 것 같았다. 이렇게 몸이 흔들리는 상황에서도 잘 수 있다니, 주은은 새삼 고양이가 대단하게 느껴졌다.

그때 주머니에서 진동이 울렸다. 주은은 전화기를 꺼내 들여다보았다. 화면에는 '국어 선생님'이라는 글씨가 빛나고 있었다. 한 번도 국어 선생님과 연락해 본 적 없던 주은은 순간 놀랐지만 곧 전화기를 주머니에 다시 넣었다. 지금은 선생님과 엄마의 전화를 받을 수 없었다. 주은은 일상으로부터 '탈출'하고 있는 셈이니까.

진동은 계속되는가 싶더니 10초쯤 흐르자 뚝 멈췄다. 주은은 가방을 끌어안고 가방 안에서 전해져 오는 고양이의 온기를 느끼며 지하철이 멈추기를 기다렸다.

지하철이 멈추자 사람들이 쏟아져 나가고 쏟아져 들어왔다. 주은은 더욱 벽에 딱 붙어 섰다. 그 순간 다시 한번 진동이 느껴졌으나 이번에는 진동이 짧은 것으로 보아 전화가 아닌 문자 같았다. 주은은 다시 전화기를 꺼내 들여다보았다.

> 이주은? 진짜 오고 있는 거야???

> 내가 나가 있어야 하는 거야???
> 그런 거야???

주은은 문장 뒤에 몇 개씩이나 찍힌 물음표를 바라보며 순간 웃음이 나올 뻔했지만 꾹 억누르고 대답을 보냈다.

> 지금 지하철이야. 학원 안 갔어.
> 학원 선생님 전화도 안 받았고.

> 음, 내가 병원에 들어가도 되는 걸까?
> 어쨌든 한 정거장 남았어.

> 엄청나네. 내가 나가서 기다릴게.

주은은 몸이 기우뚱하는 것을 느끼고서야 지하철이 또 멈춰 선 것을 알았다. 주은은 출입구 쪽으로 늘어선 줄 끝에 붙어 섰다. 그 짧은 시간 동안 국어 선생님에게서 전화가 다섯 통은 왔지만 모두 무시했다.

"이제 거의 다 왔어."

주은은 고양이를 향해 속삭이고 지하철을 빠져나갔다. 지하철 밖으로 한 걸음 내딛자마자 수많은 인파에 휩쓸렸다. 주은 또래로 보이는 학생들, 아마도 집에 돌아가는 중일 직장인들, 용건이 있어 시내에 들른 듯한 사람들로 지하철역은 북적북적 붐비고 있었다. 그 속에서 주은은 길을 잃지 않으려고 애쓰며 가방을 품에 끌어안은 채 저 멀리 희미하게 보이는 출구 쪽으로 발걸음을 뗐다.

드디어 지상으로 나온 주은은 희미한 기억 속에 남아 있는 마루 병원을 찾아 두리번거렸다. 그리고 저 멀리 보이는 초록빛 간판을 발견했다. 주은은 스쳐 지나가는 사람들 사이를 뚫고 그쪽으로 걸어갔다. 그동안 주머니에서 전화기가 끊임없이 진동했지만 주은은 곧 그 진동마저 익숙해져 잊어버릴 수 있었다.

멀게만 보이던 병원 간판도 바삐 걸음을 놀리자 점점 가까워져 왔다. 주은은 이마에서 땀을 훔치고 한 번 숨을 들이마신 뒤 마루 병원 쪽으로 다가갔다.

타오르는 저녁놀 속에서 밝게 빛나는 병원은 마치 다른 세계 같았다. 주은은 아마 병원이 '다른 세계'라는 말에 가장 잘 어울리는 장소일 것이라고 생각했다. 바깥쪽에는 분주한 사람들을 두고 안쪽에는 고요하고 차분한 공기를 담고 있는 장소니까 말이다. 그리고 곧 주은은 밝은 빛이 쏟아지는 출입문 앞에서 자신을 기다리고 있는 익숙한 얼굴을 발견했다.

"안녕, 조수."

윤호의 얼굴은 불과 며칠 전인데도 주은이 마지막 본 모습과 너무나 달라져 있었다. 눈 밑에 짙게 드리워진 다크서클과 이렇게까지 홀쭉해질 것이라고 상상도 못 했던 창백한 얼굴까지. 얼굴만 보면 윤호도 환자인 줄 알 지경이었다. 주은은 목소리로 예상은 했으나 막상 그런 윤호의 모습을 보게 되니 아무런 말도 할 수 없었다. 윤호의 상징이나 다름없었던 쾌활함도 이미 사라져 있었다.

"안녕, 정원사. 꼴이 말이 아니구나."

주은이 작은 목소리로 중얼거리자 윤호는 얼핏 미소처럼 보이는 표정을 지었지만 얼굴이 더욱 해쓱해 보이게 할 뿐이었다. 주은은 윤호의 얼굴에 시선을 고정한 채 아무런 말도 하지 못하고 있다가 야옹거리는 고양이의 울음소리에 그제야 가방으로 시선을 내렸다.

"고양이도 온 거야?"

윤호의 눈이 동그래졌다. 주은은 가방 지퍼를 열고 고양이를 꺼냈다. 고양이는 윤호를 초롱초롱한 눈으로 바라보며 다시 한번 높은 울음소리를 냈다. 주은은 윤호에게 다가가 윤호의 품에 고양이를 넘겼다.

"돈 챙기려고 집에 들렀는데 나한테 달려오더라고. 무턱대고 같이 와 버렸어."

주은이 여전히 작은 목소리로 말하자 윤호는 고양이와 눈을 맞췄다. 주은은 그런 윤호의 모습을 바라보았다. 살짝 생기가 도는 그 얼굴은 주은에게 익숙한 윤호와 조금 닮아 보였다. 그리고 그 얼굴을 보는 순간 주은은 며칠 전부터 마음을 짓누르던 말을 꺼내야 할 때가 지금이라는 걸 알 수 있었다.

"저기, 지금 이런 상황은 아닌 것 같지만 말이야……. 며칠 전에 정원에서 내가 우산 떨어뜨렸던 날 있잖아."

주은이 입을 열자 윤호의 시선이 주은의 얼굴에 닿았다. 주은은 살짝 목소리를 높여 말을 계속했다.

"그것 때문에 며칠째 마음이 편치가 않았어. 미안해. 절대 일부러 그런 건 아니니까 오해하지 말았으면 좋겠어. 그리고 불편한 얘기 꺼낸 것도. 내가 너무 생각이 짧았던 것 같아."

주은이 말을 마치자 윤호는 고양이를 쓰다듬으며 생각에

잠긴 듯한 표정을 지었다. 주은은 그런 윤호의 얼굴을 바라보았다. 윤호는 과연 주은을 용서할까? 오늘 주은은 윤호와 화해를 하고 마음의 짐을 덜어낼 수 있을까?

"음, 사실 그걸 보고 좀 화가 났어. 그동안 엄청 노력해서 키운 거니까. 근데 그때 네 얼굴을 보고 널 탓할 수가 없더라. 내가 예전에 슬프거나 두려운 일이 생겼을 때 짓던 표정 같았거든. 그래서 나는 괜찮아. 일부러 그런 것도 아니고, 새싹을 살릴 수도 있을 것 같으니까. 그리고 나도 너한테 사과하고 싶어. 너한테 그렇게 말할 생각은 없었는데 너무 예민하게 반응한 것 같아서."

윤호는 갈색 눈을 깜빡이며 주은을 보았다. 주은은 살짝 가벼워진 마음으로 미소를 지었다. 그리고 자신을 향해 은은하게 웃어 보이는 윤호의 얼굴을 보는 순간 주은은 자신이 윤호와 대화를 하고 싶었던 이유를 알 수 있을 것 같았다. 주은은 윤호가 정원을 아름답게 가꿔 준 보답으로 윤호에게 조금이라도 격려의 말을 건네고 싶었던 것이다. 그리고 조금 늦었더라도 지금이라면 주은은 그 말을 전할 수 있다고 생각했다.

"사실 난 너와 같은 상황을 겪은 적도 없고 그래서 네 심정이 어떤지 헤아릴 수도 없지만 난 너라면 그 상황을 헤쳐 나갈 수 있다고 말하고 싶어. 넌 내가 만나 본 아이 중 가장 긍 정적인 아이 같거든. 너라면 어떻게든 해결책을 찾을 수 있을 거라고 믿어."

주은은 할 말을 정리한 뒤 어느 때보다도 또렷한 목소리로 말했다. 윤호는 잠시 주은을 빤히 바라만 보다가 천천히 고개를 끄덕였다. 윤호의 얼굴에 주은이 기억하는 밝은 빛이 감도는 듯했다.

"고마워. 근데 너, 아까부터 계속 전화 와."

윤호는 턱으로 주은의 주머니 쪽을 가리켰다. 그 말을 듣자 주은은 이미 잊어버린 주머니 속 진동을 다시 느끼기 시작했다. 주은은 주머니에 손을 넣어 전화기를 꺼냈다. 또 국어 선생님일 거라고 생각했던 주은은 눈을 휘둥그레 떴다. 화면에 적힌 글자는 '엄마'였다. 당연한 것일지도 모르지만 그럼에도 심장이 내려앉는 것은 피할 수 없었다.

"누구야?"

윤호의 시선이 느껴졌다. 주은은 화면만 빤히 쳐다보았다. 그것 말고는 할 수 있는 일이 없었다. 윤호가 주은의 전화기 화면을 보더니 잠시 침묵한 뒤 입을 열었다.

"받아 봐. 부모님은 널 걱정하고 계실 거야. 학원 선생님 전화도 안 받았다며. 부모님 입장에서는 네가 그냥 사라져 버린 거야."

잔잔한 윤호의 말을 듣고도 주은은 쉽사리 통화를 누를 수 없었다. 그러는 동안 전화는 끈질기게 계속되었다. 윤호는 한숨을 내쉬며 손가락을 '통화' 쪽으로 가져다 댔다. 주은이 휙 돌아보자 윤호는 조용히 말했다.

"나도 예전에는 똑같이 행동했어. 부모님 말도 자주 무시하고 전화도 그냥 끊어 버렸어. 근데 엄마가 돌아가시고 아빠마저 사고를 당하시고 나니까 그 모든 행동들이 후회가 되더라. 너도 후회하지 않도록 지금 받아. 부모님은 진심으로 너를 걱정하고 계시는 거야."

주은은 윤호의 말에 고개를 천천히 끄덕였고 윤호가 '통화'를 손가락으로 꾹 눌렀다. 길게만 느껴지는 몇 초 후 즉시 엄마의 급박한 목소리가 들려왔다.

"주은이가 받았어요. 주은아, 지금 어디야? 엄마 목소리 들려?"

"엄마."

주은은 가까스로 입을 뗐다. 윤호의 시선이 주은에게 격려를 보내고 있었다.

"지금 마루 병원이에요."

다른 세계로 가는 문인 병원을 비추는 노을은 이제 서서히 짙어져 갔다. 주은은 그 한없이 아름다운 모습 가운데에 자신을 바라보는 윤호와 그 품에 안긴 고양이와 함께 우뚝 서 있었다.

경기와 휴식

    부모님이 도착하시는 데에는 얼마 걸리지 않았다. 주은을 위해 엄마와 아빠는 직장에서 뛰쳐나왔다. 엄마는 주은을 보자마자 끌어안았고 그동안 아빠는 경찰들에게 전화해 주은을 찾았다고 말하고 있었다. 주은은 경찰까지 자신을 찾고 있었다는 생각을 하자 놀랄 수밖에 없었다. 그러나 그것도 잠시 주은은 부모님의 눈가가 모두 붉어진 것을 보고 자신의 눈시울도 시큰거리는 것을 느꼈다.

    "주은아, 얼마나 걱정했는데. 왜 여기에 온 거야?"

    엄마의 물음에 주은은 숨을 가다듬어 눈물을 삼키고 입을 열었다.

    "그건 설명이 길어요. 일단 저 아이부터 설명해야 해요."

주은은 윤호에게 눈길을 돌렸다.

"안녕하세요."

부모님의 눈빛이 자신을 향하자 윤호가 꾸벅 고개를 숙였다. 고양이는 멀뚱멀뚱 부모님을 바라봤지만 울지는 않았다. 엄마는 윤호와 고양이를 알아보고 흠칫 놀라는 눈치였다.

"801호 아이구나. 이름이…… 윤호 맞지?"

"안녕. 처음 보는구나."

윤호와 짧은 인사를 나눈 부모님은 다시 시선을 주은에게로 돌렸다. 부모님의 눈빛은 '그래서 이 아이랑 무슨 관련이 있다는 거니?'라고 묻고 있었다. 주은은 말하기 전 윤호 품속의 고양이에게로 손을 뻗었다. 윤호가 고양이를 주은의 품속으로 넘겨주자 주은은 몇 년 전에 처음 시작된 자신만의 이야기를 시작했다.

"몇 년 전에 발견한 비밀 장소가 있어요. 아파트 뒤편에 있는 정원이요. 거길 발견한 뒤로 시간이 날 때마다 들렀어요. 정원은 힘들 때마다 가면 마음이 편해지는 곳이었거든요."

주은은 부모님이 입을 열고 싶어 하는 것을 알아차렸지만 계속 말을 이었다.

"근데 윤호 가족이 이사 온 뒤로 윤호도 정원을 발견해서 정원에 오기 시작했어요. 전 그 사실을 창문 밖으로 정원이 보여서 알았고요. 그리고 정원에 찾아가서 윤호를 만나게 됐어요. 윤호는 정원을 가꾸고 정원에 머무르는 이 고양이를 돕고 있었어요. 그리고 저는 수학 학원이랑 영어 학원 중간의 쉬는 시간에 윤호가 정원을 가꾸는 걸 도왔어요. 엄마가 연구소로 복귀한 다음에요. 수업에 늦었던 것도 그 때문이에요. 하지만 전 부모님께 말하지 못했어요. 부모님께 말하면 부모님이 정원에 찾아가지 못하게 할 것 같았거든요. 그리고 전 정원이 없다면 일상을 견뎌 낼 수 없을 것 같았어요."

주은은 숨을 골랐다. 부모님과 윤호, 그리고 심지어 고양이의 시선마저도 주은에게 고정되어 있었다. 주은의 팔에 고양이의 따뜻하고 부드러운 몸이 느껴졌다. 주은은 고양이를 한 번 쓰다듬은 뒤 윤호를 힐긋 살폈다. 윤호는 살짝 창백한 얼굴이었지만 덤덤히 주은의 이야기를 듣고 있었다. 주은은 그것을 윤호와 사고에 대하여 말해도 된다는 뜻으로 받아들였다.

"근데 며칠 전, 고양이를 다시 정원에 돌려보내고 올 때 윤호가 남긴 쪽지를 보게 되었어요. 음…… 아버지가 사고를 당하셨다는 내용이었어요. 그래서 자기는 마루 병원에 있다고 하고 전화번호를 제게 주었어요. 저는 쪽지를 발견한 다음 날에 그 번호로 문자를 남겼고 학원이 끝난 뒤에 윤호한테서 전화가 왔어요. 전화를 받았는데 윤호의 목소리가 너무 안 좋아 보여서 병원에 가 봐야 한다는 생각이 들었어요."

주은은 고개를 푹 떨궜다. 이 부분이 가장 말하기 힘든 부분이었다. 몰래 숨겨 두었던 돈으로 지하철을 타고 마루 병원으로 향한 것. 주은은 몸을 돌려 도망치고 싶은 기분이었지만 이를 악물고 고개를 들어 부모님을 마주했다.

"그래서 저는 학원 차를 타지 않고 침대보 밑에 숨겨 둔 돈으로 지하철로 여기까지 왔어요. 그동안 학원 선생님께 오는 전화는 다 무시했어요. 엄마 전화를 받은 건 윤호가 설득했기 때문이에요. 만약 윤호가 아니었다면 전 엄마 전화도 받지 않았을 거예요. 전 이게 정말 잘못된 일이라는 걸 알고 있어요. 더구나 오늘만의 잘못이 아니라 계속 쌓여 온 잘못이라는 것도요. 지금 당장 제 할 일을 열 배 늘리셔도 할 말은 없어요."

이제 주은은 다시 고개를 떨구고 고양이만 쓰다듬고 있었다. 고양이는 작은 앞발을 주은을 향해 뻗었다. 그 모습이 눈물 때문에 흐릿해 보였다.

"주은아……."

엄마의 잠긴 목소리가 들렸다. 주은은 엄마를 올려다보았다. 엄마의 눈에는 다시 눈물이 그렁그렁했다. 주은은 살짝 당황했다. 엄마가 차분한 목소리로 주은의 잘못을 되짚을 거라고 생각했기 때문이었다.

"이거 기억하는지 모르겠어."

엄마가 그 말을 하며 건넨 건 글씨가 빼곡한 종이 한 장이었다. 주은은 종이를 펼쳐 들어 바라보았다. 살짝 구겨지기는 했지만 그것은 주은의 기억에 남아 있었다. 주은은 눈을 커다랗게 뜨고 종이를 내려다보았다.

"오늘 학원 선생님들한테 주은이를 봤냐고 물어봤을 때 국어 선생님이 그걸 주셨어. 주은이가 심화 수업에서 썼던 글인데 주은이가 너무 힘들어하는 것 같다고 말이야."

국어 심화 수업에서 썼던 짧은 소설을 내려다보는 주은의 머리 위로 엄마의 목소리가 어렴풋이 들려왔다. 거의 잊어버릴 뻔한 글이었다. 이 글을 쓸 때 주은은 자신의 생각과 자신의 감정, 자신의 처지를 주인공에 그대로 반영하여 가장 자신에 가까운 주인공을 창조시켰다. 주은은 그때 누구라도 자신의 처지를 알고 공감해 주며 위로해 주길 절박하게 바라고 있었다.

"국어 선생님께서는 주은이가 아예 돌아오지 않을 수도 있다고 했어. 이 글을 봤을 때 주은이의 상황과 감정이 주은이가 감당하기에 너무 벅차다는 게 드러난다는 거였어. 그래서 주은이가…… 가출한 걸지도 모른다고 했어. 영원히 돌아오지 않을지도 모른다고 말이야."

주은은 엄마를 올려다봤다. 눈물이 맺혀 반짝거리는 주은과 똑같은 엄마의 검은 눈이 주은을 마주 보았다.

"엄마는 그동안 주은이가 한 행동들이 사춘기의 반항이라고 생각했어. 주은이가 말한 것처럼 복잡한 문제가 아니라. 그리고 주은이의 말을 조금이라도 집중해서 들었다면 이런 일이 생기지 않았을 것이라고 후회했지. 엄마는 분명한 사실을 외면하고 있었거든. 하지만 오늘 일어난 일을 보니까 어쩌면 당연한 일이라는 생각이 들어. 학원 선생님들은 하나같이 주은이가 또래에 비해 너무 고민이 깊고 심각해 보인다고 했고 엄마도 주은이가 견디기에는 할 일이 너무 많다는 걸 깨달았으니까."

엄마는 숨을 들이마시고 주은을 응시했다. 너무 깊어 끝을 헤아릴 수 없는 검은빛 눈으로. 주은은 그 속에서 지금 엄마의 말이 진심이라는 걸 찾아낼 수 있었다.

"주은아, 미안해. 엄마의 사과를 받아 줄 수 있겠니?"

속삭이듯 말하는 엄마의 목소리에 주은은 엄마의 품으로 파고들 수밖에 없었다. 엄마의 따뜻한 체온과 고양이의 부드러운 털이 동시에 느껴졌다. 더없이 편안했다. 곧 아빠가 주은과 엄마를 부드럽게 감싸안았다. 주은 가족은 비록 아무런 말도 하지 않았을지라도 서로가 서로를 용서하고 이해한다는 것을 알았다.

"고마워, 주은아. 그리고⋯⋯."

엄마가 눈에서 눈물을 털어내고 그 자리에 가만히 서서 먼 곳을 바라보듯 주은 가족을 바라보는 윤호를 바라보았다. 주은 역시 윤호를 바라보았다. 둘의 눈이 마주쳤고 윤호는 슬픈 미소를 지어 보였다. 주은은 그 미소로 방금 주은 가족의 모습이 윤호에게는 너무나 바라지만 이루어질 수 없는 꿈이라는 걸 알 수 있었다. 그 생각이 들자마자 마음이 아파 와 주은은 고양이를 더욱 꽉 끌어안았다.

"윤호야."

"네."

윤호는 서글픈 얼굴로 엄마를 바라보았다. 힘없이 쥐어져 있는 윤호의 주먹은 너무나 허전해 보였다. 주은은 윤호를 바라보았지만 윤호는 더 이상 주은을 바라보지 않았다.

"사실 아파트 이웃 분들과 할머니와 함께 주민 회의에서 네 사연이 자주 오갔었어. 주민 모두 네 사연을 듣고 널 돕기로 합의했지. 너나 아버지께 말씀드리려고 했는데 마주칠 수가 없었어."

엄마의 다정한 목소리에 윤호는 아무 말 없이 고개만 끄덕였다. 어쩌면 윤호는 자신의 아빠를 생각하고 있는지도 몰랐다. 아버지마저 돌아가신다면 자신은 의지할 곳이 없다던 윤호의 말이 떠올랐다. 주은은 제발 그렇게 되지 않길 간절히 바랐다. 윤호가 그런 상황까지 가 영원히 쾌활함을 잃어버리고 정원에 오지 않는다는 건 상상도 하기 싫었다.

"그리고 주민들 중 의사 분이 한 분 계셔. 이 병원에 근무하시는데 나랑 같이 가서 아버지 사연을 설명드리지 않을래? 그분은 항상 널 돕는 데에 가장 적극적이셨거든."

주은은 엄마가 그 말을 하는 순간 윤호의 얼굴에 스친 희망을 보았다. 주은은 반짝이는 윤호의 눈동자를 바라보았다. 윤호의 눈은 생기로 빛나고 있었다. 주은은 그 눈을 보자마자 윤호가 지금 가장 큰 걱정거리이자 고민을 덜었다는 걸 알 것 같았다.

"감사합니다. 정말 감사합니다."

윤호가 몇 번이나 고개를 숙이는 동안 주은의 품에 안긴 고양이가 사뿐히 뛰어내려 윤호에게 다가갔다. 주은은 눈물을 닦아 내고 윤호를 바라봤다.

"괜찮아지실 수 있을 거야."

주은이 속삭이듯 말하고 윤호에게 환한 미소를 지어 보였다. 윤호의 얼굴에도 진실된 웃음이 피어났다.

"난 노란 튤립이 간직한 희망을 믿어."

윤호는 희망찬 얼굴로 그렇게 속삭였다.

윤호와 함께 병원 안으로 사라진 엄마는 아직 나타날 기미를 보이지 않았다. 그동안 아빠와 단둘이 남겨진 주은은 둘 사이에 침묵이 도사리기 전에 입을 열었다.

"아빠."

잠시 병원 쪽으로 향해 있던 아빠의 시선이 주은을 향했고 주은은 이렇게 아빠와 마주 보는 것이, 대화를 나누는 것이 실로 오랜만이라는 걸 문득 깨달았다. 살짝은 어색한 이 분위기에서 주은이 입을 연 건 방금 흘러간 상황에 대한 의문 때문이었다. 감정이 차분해지자 어떻게 엄마가 이토록 쉽게 자신을 이해했을까, 궁금해졌다.

주은이 그에 대해 질문하자 아빠는 잠시 할 말을 고르는 듯 침묵하더니 천천히 입을 열었다. 그리고 주은은 그동안 결코 들어 본 적도 없었고 들을 거라고 예상치도 못했던 엄마의 이야기를 듣게 되었다.

엄마는 거의 기억도 나지 않는 어린 시절부터 생물을 연구하는 연구원을 꿈꿔 왔다고 했다. 그런 순수한 열정과 집념을 가지고 엄마는 초등학교를, 중학교를, 고등학교를 졸업했고 꽤 유명한 대학교에 진학했다. 그렇게 어른이 된 엄마는 설레는 마음으로 직장으로 향했고 모든 게 밝아 보였다고 했다.

그러나 그런 기분도 잠시였다. 시간이 흐르고 중대한 연구에 참여하는 일이 많아지면서 엄마는 점점 무언가 이상한 낌새를 눈치챘다. 처음에는 그럴 리 없다며 외면했으나 몇 번 비슷한 일이 반복되자 엄마는 결국 인정하게 되었다. 하나의 연구를 좌우하는 결정을 내릴 때마다 항상 결정권은 더 좋은 대학 출신들의 소유라는 걸.

엄마는 그 상황마다 어쩌면 당연하게도, 분하고 억울했다고 했다. 그래서 자신의 딸, 주은만큼은 그런 일을 겪지 않았으면 좋겠다고 소망하게 되었다고 했다.

"……."

주은은 가만히 얼어붙었다. 엄마에게도 그런 아픔이 있을 줄은 전혀 상상하지 못했다. 입을 열지 못하는 주은 앞에서 아빠는 계속 말을 이어 나갔다.

엄마가 주은을 위하는 그런 마음은 점점 공부에 대한 집착으로 변질되어 갔다. 아빠와 주변 사람들이 그 점을 지적해도 주은이 여태 알던 대로 수용하지조차 않았다. 그러다가 오늘 주은과 연락이 닿고 엄마와 함께 마루 병원으로 향하는 동안 아빠가 말했다고 했다.

주은에게는 어쩌면 아직 불분명하기만 한 미래보다 바로 지금, 이 순간순간이 더욱 중요할지도 모른다고. 그건 당신과 나도 마찬가지라고. 그런데 여태껏 미래만 바라보느라 현재의 행복을 망각할 뻔했다고. 그뿐만 아니라 출신 대학이 전부는 아니라고, 당신만 해도 긴 휴직을 허용해 주고 심지어 휴직 중 연구에 참여해 달라고 연락까지 온 걸 보면 충분히 인정받고 있노라고, 그렇게 말했다고 했다.

"엄마가 그 말은 이해한 모양이야."

아빠가 말을 마치자마자 병원과 바깥 세계를 나누는 출입문이 열리고 엄마가 모습을 드러냈다. 그러자 아빠는 은은한 미소를 남긴 채 회사에 복귀하기 위해 지하철역으로 향했고 주은과 엄마는 차에 올라탔다.

"고양이는 어떻게 할래?"

엄마가 주은의 품에 안긴 고양이를 보고 물었다.

"정원에 돌려보내려고요."

주은이 고양이를 쓰다듬으며 대답했다.

"그렇구나. 더운 동안은 그래도 되겠지. 근데 저번처럼 비가 오거나 겨울이 되면 우리 집에 머물러도 될 것 같아."

엄마가 조심스럽게 말했다. 주은은 눈이 동그래져 엄마의 뒷모습을 바라보았다. 하지만 엄마는 주은이 입을 열 틈도 주지 않고 계속 말을 이었다.

"그리고 주은이가 듣고 있는 강의 수도 같이 의논을 해 보자. 음, 그리고……."

엄마는 뒷거울로 주은과 눈을 맞췄다. 엄마의 눈은 눈웃음으로 풀어져 있었다.

"엄마가 연구에서 할 일은 끝났어. 남은 부분은 연구 책임자들이 처리해 주실 거야. 그래서 학원 차는 이제 끊을 거야. 어차피 필요 없으니까. 그리고 주은이가 원한다면 시간이 날 때마다 정원에 방문해도 좋아. 이제 학원도 하루에 몇 개씩 나눌까 생각 중이거든. 다른 학부모들도 주은이만큼 빡빡한 일정은 잘 없다고 하더라고."

주은의 눈이 튀어나올 정도가 된 것을 보고 엄마는 웃음을 터뜨렸다. 부드러운 엄마의 웃음소리에 주은에게서도 웃음이 새어 나왔다. 주은은 오랜만에 마음 놓고 엄마에게 웃어 보였다.

"감사해요."

주은의 진심 어린 말에 엄마는 고개를 설레설레 저었다.

"아냐. 주은이는 휴식이 필요한걸. 여태까지 너무 힘들게 공부에 임했으니까. 아무리 대단한 선수들이라도 경기가 끝난 뒤에는 쉬기 마련이지. 주은이는 여태껏 쉴 새 없이 달려

왔어. 이제 방학도 며칠 뒤니까 주은이도 쉴 자격이 충분해."

주은은 고양이를 꼭 껴안고 숨을 들이마셨다. 주은이 입을 열기까지 잠시 동안 침묵이 흘렀다. 주은은 엄마가 주은이 입을 열기를 기다리고 있다는 것을 알았다. 주은은 할 말을 정리한 뒤 마침내 입을 열었다.

"감사해요, 엄마. 그리고 축하드려요. 연구 이야기 말이에요."

주은은 그렇게 말한 뒤 뒷거울을 향해 눈을 찡긋해 보였다. 주은과 똑 닮은 엄마의 눈 역시 주은을 향해 찡긋해 보였다. 주은은 그 눈을 잠시 마주 보며 아빠에게 들은 엄마의 사연을 떠올렸다. 이제야 조금은 엄마를 이해할 수 있을 것 같다는 생각이 들었다.

주은은 오늘부터 한 번의 경기를 끝낼 때마다 휴식을 가질 것이다. 그리고 충분한 휴식을 취하고 나서 다시 경기에 임하게 되겠지. 주은의 삶은 지금까지도, 그리고 앞으로도 그렇게 경기와 휴식의 연속일 터였다.

주은은 자신을 기다리고 있는 다음 경기를 떠올리고 숨을 골랐다. 그리고 할 수 있다고 자신에게 되뇌었다. 주은은 정말로 그렇게 믿고 있었고 그 믿음은 변하지 않을 것이었다.

옐로 튤립 가든

"넌 할 수 있어."

주은은 자신의 곁에서 학교를 올려다보는 윤호에게 말했다.

윤호는 가방끈을 꼭 붙잡고 엄마 차 옆에 서 있었다. 엄마는 병원에서 회복하고 있는 윤호의 아버지 대신 주은과 윤호의 이동을 책임지기로 나섰다. 기적적으로 대수술에 성공해 나날이 다르게 나아지고 있는 윤호의 아버지는 항상 주은의 부모님과 주은에게 감사 인사를 보내고는 했다. 자신 곁을 떠나지 않는 할머니 대신 윤호를 돌봐 준다는 이유 때문이었다.

"그래. 난 할 수 있어."

윤호는 작게 중얼거리고 학교 쪽으로 한 걸음 내디뎠다. 몇 달 만에 세상 밖으로 나온 윤호는 어느 때보다 더 긴장한 모습이었다. 주은은 재빨리 차 쪽으로 인사를 하고 윤호와 함께 학교로 향했다. 붐비는 등굣길 속에서 윤호는 주위를 연신 두리번거리며 초조해했다.

"괜찮을 거야. 넌 여름에 노란 튤립을 피워 내고 고양이가 혹시라도 튤립을 먹지 않도록 관리한 사람이라고."

주은은 윤호에게 격려의 말을 건넸다. 윤호는 그 말을 듣자 살포시 미소를 지었다가 이내 거두었다. 주은은 한숨을 내쉬고 윤호를 교실로 이끌었다.

"아직도 믿을 수가 없어."

윤호가 벌써 열 몇 번째로 중얼거리는 말에 주은은 윤호의 팔을 잡아끌었다.

"주민 분들이 도움을 준 것 말야? 음, 이제 좀 받아들여. 다들 널 위해 많은 것을 도와주셨어. 이웃 의사 선생님이 아버지의 수술을 도와주셨고, 우리 엄마가 너의 전학 수속을 도와주셨고. 그래서 2학기가 시작될 때 전학을 올 수 있게 되었잖아."

주은이 기계처럼 말하자 윤호의 얼굴이 드디어 풀어졌다. 주은은 2학년 7반 교실로 향하는 동안 그 얼굴이 다시 긴장으로 굳어지지 않기를 간절히 바랐다.

"그리고 오늘은 2학기 첫날이야. 2학기 첫날에 전학 오는 애들은 많아."

주은은 말을 덧붙였다가 윤호가 다시 긴장하는 걸 보고 그 말을 한 걸 후회했다. 그렇게 어두워진 얼굴의 윤호와 함께 반에 도착하자 앞문 앞에서 서성이던 선생님이 둘을 발견하고 손을 흔들었다. 주은은 고개를 숙인 뒤 윤호를 선생님 쪽으로 살짝 밀었다. 윤호가 선생님 옆에 무사히 서는 것을 확인하고서야 주은은 교실 안으로 발을 들였다.

교실은 여느 때와 다름없이 시끌벅적했다. 주은은 그 속에서 민솔과 유미, 하린을 찾았다. 주은이 셋을 발견하는 것과 동시에 셋도 주은을 발견했다. 주은과 아이들은 방학 때 맞춘 우정 반지를 낀 손을 흔들어 보였다.

"안녕, 주은아? 오늘 전학생 온다는 거, 들었어? 이왕이면 여자였으면 좋겠지만 남자애든 여자애든 모든 아이돌의 춤을 다 꿰고 있는 애라면 난 좋아."

주은은 유미의 들뜬 목소리에 잠자코 미소를 지었다. 윤호가 모든 아이돌의 춤을 다 꿰고 있는지 아닌지는 주은도 몰랐기에 유미가 실망할지는 알 수 없었다. 아이들에게 윤호에 대해 말하지 않았으니 셋은 주은이 이미 전학생과 아는 사이라는 것을 모르고 있었다.

"착한 아이였음 좋겠다."

하린이 중얼거렸다. 윤호가 착한 아이라는 건 확신할 수 있었다.

"아니면 공부 잘해서 뭐든 물어볼 수 있거나."

민솔도 중얼거렸다. 윤호는 최소한 국어라면 뭐든 알았다. 주은은 셋의 이야기를 잠자코 들으며 미소를 띤 채 윤호가 들어오길, 반 아이들에게 소개되길 기다렸다.

"자, 모두 자리에 앉으세요!"

선생님의 목소리가 들려오자 아이들이 일사불란하게 흩어졌다. 주은은 자리에 앉아 앞문 쪽을 바라보았다. 그 너머에서 윤호가 긴장한 채로 손톱이라도 물어뜯고 있을지 궁금했지만 주은의 자리에서 윤호는 보이지 않았다.

"오늘 전학생이 왔어요. 우리 학교가 익숙하지 않을 테니 친절하게 대해 주고 모르는 게 있으면 설명해 주세요. 그럼 자기소개 부탁드립니다."

윤호가 교실로 걸어 들어왔다. 윤호는 그렇게 초조해하던 아이라고는 믿을 수 없을 정도로 쾌활한 모습이었다. 주은에게 가장 익숙한 윤호의 모습이었다.

"안녕, 난 김윤호야. 난 식물과 동물을 좋아해. 자연도 사랑한다고 할 수 있을 정도지. 정원에서 하고 싶은 거 다 하고 식물이나 동물과 같이 사는 게 내 꿈이야. 지금도 실현 중이고."

교실을 훑어보던 윤호의 시선과 주은의 시선이 마주쳤다. 주은은 엄지를 치켜세웠다. 윤호는 설핏 미소를 지은 채로 말을 이었다.

"나한테 찾아오면 난 모든 꽃의 꽃말을 알려 줄 수 있어. 학교는 오랜만이라 어색한데 잘 부탁할게."

윤호의 말이 끝나자 벌써 아이들 속에서는 중구난방으로 꽃 이름이 터져 나오고 있었다. 주은은 윤호가 자신의 대각선 자리에 앉아 아이들과 인사를 나누는 동안 윤호의 말을 곱씹어 보았다. 정원에서. 평범하게 느껴질 수 있는 단어에서 주은은 많은 것을 읽어 낼 수 있었다. 주은은 오늘 정원을 방문할 계획을 되새겼다. 오늘은 엄마가 새로운 연구로 발견한 사실을 직접 확인해 보기로 한 날이었다. 엄마의 연구, 그리고 엄마의 이름은 실험에 참여한 모든 연구원들의 이름과 함께 사회에 공개되어 있었다.

주은은 윤호를 바라보았다. 윤호도 주은의 계획에 동참했다. 오늘 주은은 윤호와 함께 정원에 갈 것이다. 이제 주은의 일상은 주은이 정원에 방문하는 것을 더 이상 막지 않았다.

"안녕, 희망아."

주은은 부쩍 자라 제법 무거워진 고양이를 안아 올렸다. 비쩍 마르던 몸도 살이 붙었고 무엇보다도 고양이는 자신의 집과 이름이 있었다.

"안녕, 희망. 새로운 집에는 다 적응한 거니?"

윤호가 사료를 밥그릇에 부으며 따스한 미소를 던졌다. 키우던 고양이가 세상을 떠나 용품들을 간직하고 있던 주민 한 사람이 희망이를 위해 기부한 물건들 중 하나였다. 고양이 집과 고양이 밥, 고양이 간식, 고양이 사료, 심지어 고양이 장난감까지 주민이 희망이를 위해 기부한 물건들 중에는 없는 게 없었다.

"적응 못 한 게 더 이상하지. 벌써 한 달째잖아."

"그렇긴 하네."

윤호가 환한 미소를 지었다. 한 달 전만 해도 주은이 다시는 보지 못할 거라고 생각했던 윤호만의 미소였다. 주은은 마음이 따뜻해지는 것을 느끼며 희망이를 푸릇한 튤립 줄기 사이에 살포시 내려놓았다.

"너희 어머니가 발견하신 게 뭐였더라, 동물이 곁에 있다면 식물들도 더 잘 자란다는 거였지? 친밀감 비슷한 걸 느껴서."

윤호가 벌써 몇 번은 한 질문을 되물었지만 주은은 참을성 있게 대답했다.

"응, 맞아. 정확해. 그리고 우리는 그 실험을 확인하기 위해 매일매일 튤립의 성장 속도를 기록하고 있지."

"대단하셔. 그리고 그 말이 맞는 것 같은 게, 애들이 너무 쑥쑥 크고 있어. 어제보다 3밀리미터는 자란 것 같은걸. 튤립이 자랄 시기도 아닌데 말이야. 역시 희망 덕분이라니까."

윤호가 '실험 공책'에 오늘 자 기록을 남기며 말했다. 주은은 순간 진짜 희망을 말하는 건지 고양이 희망이를 말하는 건지 헷갈렸지만 이내 희망이를 향한 윤호의 따뜻한 시선을 보고 후자였다는 것을 알아차렸다. 주은은 정원이라는 이름을 고집했으나 윤호는 희망이 더 좋다고 선을 그었다. 주은은 여전히 가끔씩 희망이를 정원이라 부르려고 하곤 했다.

"얼마나 있어야 꽃이 필까?"

주은은 아직 푸릇하기만 한 튤립 줄기를 내려다보았다. 윤호는 물그릇까지 채우고 나서 몸을 일으켜 주은에게로 다가왔다.

"넌 가끔 너무 참을성이 없다니까. 그렇게 빨리 피면 정말 신기록이지. 아직 기다려야 해."

"너무 더디게 자라는 것 같아."

주은의 투덜거림에 윤호가 튤립 줄기를 쓰다듬으며 웃음기 가득한 눈빛을 보냈다.

"너랑 비슷한 속도로 자라는 거야."

"너도 큰 편은 아니잖아!"

주은은 눈을 부릅떴지만 요즘 윤호의 키가 점점 자라고 있다는 건 부정할 수 없는 사실이었다. 처음 만났을 때만 해도 비슷하던 둘의 키는 격차가 벌어지고 있었다.

"이게 다 시간이 흐른다는 거란다."

"누가 모른대?"

주은은 쏘아붙였지만 비어져 나오는 웃음을 막을 수는 없었다. 윤호는 일어나 웃음 지으며 하늘을 올려다보았다. 주은 역시 무릎을 펴고 일어났다.

"가을이 오고 있어."

윤호가 해맑은 얼굴로 말했다. 주은은 윤호를 따라 시선을 들어 정원 위의 하늘을 올려다보았다. 티끌 하나 없이 맑은 가을 하늘은 은은한 햇빛과 함께 빛을 발하고 있었다.

"오늘도 정원에서 임무 완수한 거야."

주은은 윤호에게 말하며 부드럽게 풀어진 눈꼬리로 튤립을 내려다보았다. 시간이 흐르면 지금은 푸릇한 정원도 희망이라는 꽃말이 가득한 노란빛으로 변할 것이다. 그때까지 주은과 윤호가, 희망이가 얼마나 변할지는 아무도 모르는 일이었다. 하지만 주은은 미래를 걱정하지 않기로 했다. 주은은 미래에도 정원에 머무르며 정원의 변화를 지켜볼 거니까.

언제까지나, 이곳 희망의 정원에서.

작가의 말

　초등학교 4학년이 되기 전 겨울방학, 코로나바이러스로 인해 너무나 당연하게 여겨 왔던 것들이 불가능해졌습니다. 그중에서도 제가 지금까지 글을 쓰고 있는 데에 영향을 미친 건 '외출'이 불가능해졌다는 점이었습니다. 집에 덩그러니 있는 시간이 늘어나자 그렇게 얻은 시간을 무언가 다른 일에 투자하고 싶단 생각을 했습니다. 그 무언가로 제가 선택한 게 바로 글쓰기였습니다.

　그저 책을 좋아하는 평범한 초등학생이었던 제가 처음 쓴 글은 굉장히 난삽했습니다. 그러나 제게는 '내 손에서 이야기가 탄생한다는 것' 자체가 너무 즐거운 일이었기에 저는 그 이후로도 꾸준히 글을 써 왔습니다. 그토록 가볍게 시작한 글쓰기는 놀랍게도 제가 중학생이 될 때까지 이어졌습니다. 시간이 흐르자 한 편의 이야기에 담고 싶은 주제가 서서히 변화했고 도전하고픈 장르 역시 변화를 거쳤습니다.

그 장르 중 하나가 판타지였고 처음 주인공들을 만났을 때 이 책의 장르 역시 판타지였습니다. 그러나 세계관을 넓혀 가고 이야기를 쓰면 쓸수록 '내가 이 이야기를 통해 전달하고자 하는 바는 뭐지?'라는 아주 기초적인 물음이 더욱 명확해져만 갔습니다. 결국 잠시 글쓰기를 중단하고 고민해 보니 제가 이 이야기를 통해 전달하려던 건 '평범한 응원'일 거라는 생각이 들었습니다. 그리고 그 응원의 말을 건네고 싶은 대상은 그리 오래 고민하지 않아도 알 수 있었습니다. 마냥 좋았던 초등학생 때와 달리 이제 본격적인 수험생의 길을 걷기 시작한 제 또래 아이들이었습니다. 그래서 저는 '성적 압박'에 시달리고 있는 주인공 주은이를 만났습니다.

주은이에 비해 윤호는 사연을 정하기가 어려웠습니다. 그러던 어느 날 저는 가정폭력을 당한 여주인공을 내세운 청소년 소설을 접하게 되었고 그 책의 독서를 끝내자마자 비슷한 아픔을 간직한 인물을 꼭 만들고 싶다는 생각이 들었습니다. 처음에는 그 책처럼 여주인공으로 등장시킬 예정이었지만 이야기가 본격적으로 시작되기 전, '그래도 남주인공이 있어야 하지 않을까' 싶은 생각에 변경하게 되었습니다. 그렇게 저는 윤호를 만났고 이 이야기가 시작되었습니다.

책의 내용은 '아지트'란 단어 하나에서 영감을 받았습니다. '일상에 지친 주인공들에게 잠시 쉬어 갈 수 있는 아지트가 있다면?' 하는 짧은 문장으로 시작된 이야기라고 봐도 무방할 것 같습니다. 그만큼 이 이야기를 쓸 때 저는 책의 시작과 주요 사건, 결말을 제외한 세부 사항들을 미리 정하지 않았습니다. 그렇게 단순하게 시작한 이야기가 점점 모습을 갖출 수 있도록 해 준 건 주변 사람들이었습니다. 친구들 덕분에 생동감 넘치는 하린이와 유미, 민솔이 세 명의 모습을 만들어 낼 수 있었습니다. 또한 부모님은 아파트 주민 회의에 대해 알려 주시고 고양이의 등장에 관한 의견을 주셨습니다. 그리고 한적한 아파트 단지 안을 삶의 터전으로 삼은 수많은 고양이들은 희망이의 모티브가 되었습니다.

그렇게 탄생한 이 책은 비록 주은이의 시점에서 전개되지만 저는 이 이야기가 현시대를 살아가고 있는 청소년들 모두의 것이라고 믿습니다. 주위에서 수많은 주은이와 주은이의 부모님, 그리고 윤호를 보았고 언젠가 한 번쯤은 그들의 이야기를 써야 할 것 같다고 생각했습니다. 그 다짐이 현실이 된 지금 조금은 후련하고 기쁜 마음입니다.

글을 쓰며 동기화되었기 때문인지 두 주인공의 웃음이 담긴 표지를 마주했을 때 상상치도 못한 선물을 받은 기분이었습니다. 물론 지금 당장은 전국의 수험생이, 여러분이 주은이와 윤호처럼 마냥 좋기만 한 시간을 가질 수 없겠지만 저는 믿습니다. 언젠가 여러분도 두 주인공처럼 하늘을 올려다보며 웃을 수 있을 거라고요.

주은이와 윤호들이 이 이야기를 읽고 조금이라도 마음의 안식을 찾기를, 이 책이 여러분들만의 '정원'이 되기를 간절히 바랍니다. 끝으로 등장인물들의 모티브가 되어 주신 분들과 제 미흡한 원고를 끝까지 읽어 주시고 아낌없는 노력을 들여 주신 고래가숨쉬는도서관 출판사 분들께 감사의 말씀을 드리고 싶습니다. 더 좋은 이야기를 가지고 다시 찾아뵙겠습니다. 감사합니다.

작가 **김소윤**

옐로 튤립 가든
Yellow Tulip Garden

초판 1쇄   2024년 10월 31일

지은이   김소윤

펴낸이   조영진
펴낸곳   고래가숨쉬는도서관
출판등록   제2024-000082호
주소   서울시 서대문구 연희로41다길 13 바우하우스 2층
전화   02-6081-9680 / 02-6082-9680
팩스   0505-115-2680
블로그   https://blog.naver.com/goraebook
이메일   goraebook@naver.com

편집   이규수 김주영
디자인   제현

- 값은 뒤표지에 적혀 있습니다.
- 잘못 만든 책은 구입하신 서점에서 바꾸어 드립니다.
- 책의 내용과 그림은 저자나 출판사의 서면 동의 없이 마음대로 쓸 수 없습니다.

ISBN 979-11-92817-60-6 43810